又見霓裳
宛若花開
Family Sky
天空數位圖書出版

序

愛好歷史外傳已快成癡迷的我，無論是電影、戲劇或故事，總是一迷又迷，宮廷也好，穿越也罷，總是有種魔力吸引著我。而這次來自過去穿越到現代，加上是唐代的背景，似乎是少之又少。長恨歌除了喚起過去背誦的記憶，也帶出一絲靈感，讓我有機會可以帶著大家一同穿越。

常常聽到友人用理科的思考模式看待穿越劇的不合理，我也只是笑笑地回應：你不懂文科的腦袋！因為整件事本來就不合理，穿越哪有邏輯性可言呢？

或許在世界上的某個角落曾出現穿越時空的奇蹟，但那一定不是發生在你我身上，我們只是習慣寄託些希望在某些事情上。在心靈的某個層次間，希望有另一個時空的自己，可以完成自己無法完成的事情，可能是遇到無法相愛的人，進而相識相戀；可能是期盼已久卻被現實困住的夢想，進而順利達成。

最後，我們穿越後再度回歸到現實，繼續生活下去，但生活就是總會有那麼點遺憾，帶點不完美，才會是人生。完美的人生，總是出現在劇中、書中，以及你我的期盼中，唯有愛，才有機會牽起牽絆，才會起化學反應，然後繼續相信奇蹟會發生！

目錄

主要角色

宋曜明

背景：國內數一數二的舞蹈家，協助知名舞蹈家——金星老師在香港拓點開舞蹈教室收學生，因家裡徹底反對男主角放棄大好的醫生工作，轉而選擇沒有什麼賺錢機會的舞蹈家，因此離鄉背井，選擇到上海的國際舞台展現自己，也很慶幸自己很爭氣，有機會自創臺灣金星現代舞團。

性格：相當認真進取，可以說是現代暖男代表，無論是說話、動作都是以尊重女人為主，凡事都會以對方為第一考量，把自己放在最後。相當喜歡唐朝的文化，家中都會擺放關於唐朝的相關文物。遇到楊貴妃之後，正好兩人話題相近，進而距離越走越近，逐漸愛上了楊貴妃。

楊貴妃（楊玉環）

背景：唐玄宗之寵妃，身材豐滿，能歌善舞，更是服裝設計佼佼者，自身衣服都是自己搭配，常命底下人用自己的想法去設計出來。

性格：美麗善良，自信非凡，好勝心強，不能做第一，就要做唯一。初戀是唐朝壽王李瑁，但後來輾轉進到宮中，因緣際會與唐玄宗彼此相愛，與唐玄宗出巡過程中，一摔倒穿越到現代遇到男主角，被男主角的貼心等等慢慢感動，成了十足的小女人，卻仍放不下唐玄宗。

唐玄宗（李隆基）

背景：唐朝第九代皇帝，統治唐朝長達 44 年，是唐朝在位最久的皇帝。

性格：身為一國之君，大男人主義展現的無庸置疑，說一沒人敢說二，只有遇到楊貴妃才有了另一面，一個不為人知的小男人心理。卻總是拿不定主意，讓楊貴妃不得不受小人陷害……。

元育寧

背景：一樣是金星舞團下的知名舞蹈家，協助宋耀明在台灣拓點金星舞團新教室，從小就是練舞起身，雖然舞藝精湛，有許多國外邀約，但是為了宋耀明，寧願屈就於臺灣。也因這份深愛著宋耀明的愛，在未來種下許多殺機……

性格：冰冷艷麗外表下，有十足澎湃熱情，但只有展現給宋耀明看，其他男人都只能吃閉門羹。但宋耀明只把元育寧當作妹妹看待，沒動過真感情。

楊真曦

背景：金星舞團下的知名舞蹈家，與宋耀明一同練舞而相識相愛，後來為了宋耀明退居幕後，放棄站上世界舞台的機會，選擇當宋耀明深厚的小女人，卻也因此跟家裡斷了關係，從此沒有家裡的金援，需要四處奔波兼差工作，在某次飛機失事中過世……。

性格：溫柔婉約，平易近人，但在事業上是位好勝心很強的女孩，有苦也是往肚裡吞，不讓身邊人擔心。

第一章

穿越遇上你

這晚的夜特別紅，楊貴妃好奇走出了行宮，想想外邊到底發生了什麼事？一邊哼著新排的曲子，一邊踩著新舞步，一不小心踩空了一步階梯，一晃眼天旋地轉滾到了路邊。再睜開眼時，卻發現自己來到了一個陌生的地方，白色的牆壁，白色的床，白色的衣服，楊貴妃心頭一緊：「難道，我死了？眼前這是閻羅殿嗎？」

身體突然感覺一陣涼意，拉開被子一看，發現自己竟然穿的不知道是哪一族的衣服，白色的底，直線條直到底，什麼花色也沒有，感覺就相當不吉利，不禁失聲叫了一聲：「啊！」

「妳還好嗎？醒了嗎？是不是覺得哪裡還在疼？」一個充滿了磁性的聲音突然傳進了她的耳中，語氣中帶點憂心和緊張。

急急忙忙拉下被子，發現自己的床前居然站著一位看上去外表斯文，身材高挑，眼神深邃，身穿奇裝異服的男子。從黝黑的膚色和突然伸來帶點粗糙，卻是相當暖心的大手，心中悚然一驚，雙手無條件反射的抓緊了被子，口中隨之驚叫道：「大膽，你是何人，怎敢如此無禮？還不趕快放開你的手，速速於我退下！」

宋耀明見楊貴妃嚇的花容失色渾身亂抖，一雙大眼充滿了驚恐，胸口隨著急促的呼吸不停的起伏，連忙往後一退舉起了雙手，口中急聲解釋道：「小姐，妳別害怕！我不是壞人，是妳暈倒在我的舞蹈室，我才把妳送到醫院來的。」看著花容失色的楊貴妃，一臉狐疑，雖然躺在病床上，但是眼神仍透露著抵死不屈的殺氣。擔心引起對方的誤會，他下意識的又退了幾步：「小姐，能告訴我妳的名字嗎，我好通知妳的家人！」

「我的名字？」或許是覺得對方確實沒什麼惡意，楊貴妃慢慢鬆開了已經在被子烙下深深指痕的雙手，面色也逐漸從扭在一起的曲線，逐漸鬆開成了平滑面，氣氛也好了許多，卻因為宋耀明的話陷入了深深的困惑，喃喃自語道：「我的名字？我是誰，我怎麼什麼都不記得了！」

突然，她猛地掀開了身上的被子，拼命地想往外衝，卻苦苦找不到出口，左是一面白，右是一面牆，到處都是白的、高的、大的，找不到腦海中相似的「門」。嘴中也喊著：「我是誰？為什麼要把我關在這裡？門在哪裡？讓我出去！放我出去！」

宋耀明見狀，連忙上前一個箭步，抓住了她的手臂：「小姐，妳別這樣，冷靜，冷靜，記不起來沒關係，醫生會有辦法的。」但楊貴妃哪聽得了勸，整個人發瘋似的，一直想掙脫宋耀明抓住的手臂，左一甩、右一甩，宋耀明見狀了不得，不管男女授受不親了，先一把抱起她，半拖半拉回床邊。這一抱起，讓楊貴妃更加猖狂了，手跟腳都騰空了，從腳涼到了頭皮頂，哪裡還顧及面子問題，開始無止盡的大吼大叫：「你這個沒血沒淚、沒心沒肺，趕快放我下來！我跟你無冤無仇，為什麼要這樣對我？你到底有何企圖？」

好不容易將楊貴妃抱至床上，宋耀明用盡全身力量押著楊貴妃，楊貴妃掙紮好一會兒，力也盡了，氣也去了一半，兩人終於有些喘口氣的時間，正巧醫師帶著一行人過來要開始替楊貴妃做檢查，楊貴妃看到這麼大的陣仗，馬上拉緊被子蓋住全身，大聲喊著：「你們又想幹什麼，跟他是同伙的吧？別過來，別過來！」

「這位女士，妳別緊張，我們只是要做更進一步檢查，你們先抓住她的手，讓她可以先平躺在床上。」主治醫師說完，兩位護士就趕緊走到楊貴妃床的兩邊，將楊貴妃的手緊扣在床沿，好讓醫生可以做聽診。醫生剛把聽診器貼在她的胸前，手上突然傳來一陣劇痛，低頭一看，見對方死死的咬住了自己的手臂，疼的他啊呀一聲大叫：「妳這病人怎麼搞的！怎麼就咬起人來了？」

只見醫生馬上彈開病床，宋耀明趕緊靠上去將楊貴妃的口用東西塞住，病房內的醫護人員見醫生受傷，也搶過來幫忙，折騰了好一會兒，才算是完成了檢查。醫生沉思了片刻，給楊貴妃打了一枝鎮定劑，想讓她先穩定一下情緒。

「醫生，請問這位小姐的狀況還好嗎？是不是摔傷了腦袋？」宋耀明緊張地問著，畢竟事情是發生在他的舞蹈教室，他身上也有責任。

「你是她的家屬嗎？我會建議明天再做個斷層掃瞄，病人頭部可能受到了強烈撞擊，所以精神……，等一下我會交代下去，麻煩你等一下簽個同意書。」醫生一邊握著傷口忍著痛，一邊向宋耀明說明。

「不好意思醫生，你可能誤會了，我不是她的家屬。只是因為她突然在我的舞蹈教室受傷，我才把她送來醫院急救。這種情況可以簽名嗎？」宋耀明無奈地說。

「原則上是不行，我們也會通知警方協尋她的家人，不過只是例行檢查，也沒什麼危險，簽一下倒也沒什麼問題。不如暫時先這樣處理，等檢查完之後，我們確定了如何治療再說。」醫生說完，就帶著一行人離開了病房。

只見楊貴妃恍惚地說：「求求你放我走，讓我回宮吧！」楊貴妃不知道自己被施了什麼法，很擔心自己一旦這樣睡去，可能就會沒命，但上至眼皮，下至腳趾，一丁點兒都施不上力。

「小姐，別擔心，我會幫助妳找到家的，只是現在的妳受傷了，需要好好治療，等身體的傷好了，警方也會協助帶妳回去的。」宋耀明對楊貴妃堅定地說。

但是，鎮定劑的藥效逐漸催化著，讓楊貴妃無法再思考著，睡意漸漸襲來，也不知道碎念著什麼，只聽到隻字片語：「遇上你……，真的……，是……。」

宋耀明已經極力貼近楊貴妃唇邊認真聽著，但是，還是沒聽懂楊貴妃剛剛的話，無奈地搖搖頭，隨後打電話通知舞蹈教室的合夥人元育寧，確認舞蹈教室後續收拾狀況。

第二章

無解的人事物

「好，那就麻煩妳了育寧，謝謝有妳的幫忙，我還需要在醫院再待個幾天，明天還要陪這位小姐做個精密檢查，舞蹈教室就先拜託妳幫我撐個幾天。」宋耀明簡短交代完事情，一股腦兒攤在旁邊的家屬椅上，看著熟睡的楊貴妃，心想著：「妳到底是誰？怎麼會突然出現在我的舞蹈教室還穿著唐風的衣裳，是哪家的舞團？還是戲班來的吧？」但是因為事情太過突然，讓宋耀明一時也理不出頭緒，想著想著，眼皮漸漸沉重了起來，竟伏在床上睡了過去。

宋耀明再睜開眼，發現眼前的床怎麼空了，驚恐地叫著：「人呢？怎麼消失了？」宋耀明趕緊衝到護理站詢問：「護士小姐，請問 641 病房的女子在哪裡？」

「這位家屬別緊張，她只是被送去做斷層掃描，剛剛看你熟睡的很，所以就沒吵醒你，既然你醒了，再請你填妥這份同意書，下面簽名即可。」護士安撫著宋耀明說著。宋耀明放下了心中的大石頭，簽了名，問了斷層掃描的地方，就往那方向走了過去。

而在舞蹈教室的元育寧，雖然一邊盯著工人修繕舞蹈教室，一邊維持繼續訓練著團員，但心底總不是滋味，才認識沒幾天的人，就讓宋耀明陪著她這麼多天，醋味是越來越重。一氣之下，隨手拍了旁邊的架子一下，又把剛剛師傅裝修好的衣架震垮了……元育寧趕緊向師傅道歉，索性趕快離開施工地區，直接往醫院奔去。

宋耀明剛找到掃描室，聽到忽大忽小的尖叫聲，看著楊貴妃剛好被護士推出，一臉驚恐，就像一隻迷路在險惡叢林間的小白兔。楊貴妃看到宋耀明的瞬間，馬上往宋耀明方向躲去，一頭撞進宋耀明懷裡，喊著：「快帶我離開，她們剛剛在裡面，把我關進一個很恐怖的大甕，我不想被斷手斷腳，接下來又不知道要去哪裡？拜託你，趕快帶我走！求求你了！」

這時候剛好被走進醫院，正在找宋耀明的元育寧撞見，這下真的不只是醋罈子被打翻，真的是整甕都倒光了！左手一把抓起楊貴妃的手臂，楊貴妃還來不及反應，馬上就飛來一筆右耳光，元育寧發瘋似的掐著楊貴妃脖子喊著：「妳這狐狸精，我就知道，裝著一副無辜可憐樣，就是要來跟我搶耀明，妳根本沒事，還要裝多久！」

宋耀明趕緊一手拉走元育寧，並著護士把楊貴妃推回病房休息。兩個人一直走著，半語都不發，只剩下兩人參差不齊的腳步聲。直到醫院的頂樓，宋耀明一甩，將元育寧甩到了牆角邊，大聲吼著：「妳剛剛到底在做什麼？妳知不知道她才剛做完斷層掃描，醫生說她可能頭部有受到強烈撞擊，妳這一鬧，等一下又出什麼嚴重並發症，妳能負責嗎？」

元育寧從沒想過宋耀明會如此大的反應，也從沒這麼大的口氣對她吼著，頓時滿肚子委屈，眼淚直簌簌飆出。宋耀明一驚，才回過神來，想要扶起在牆角邊的元育寧，馬上被元育寧一手撇開宋耀明只好蹲下，抱著元育寧說：「是我不對，剛剛真的被妳嚇到，情急之下才話說得重了些，我是真的慌了，因為這個不知道哪裡來的人，我擔心……。」

元育寧感受到宋耀明至少心還是在她身上的，將食指放在宋耀明唇上，擦擦眼淚，冷靜地說：「我知道了，以後我也不會再這麼激動了，那現在我們可以一起回去了嗎？」

宋耀明皺了皺眉頭，無奈地說：「她剛剛這樣鐵定又被妳驚嚇了不少，我還得問問醫生，況且診斷報告也還沒出來，雖說很多事情都是說不通，都是無解的，但我們總得對人家負責到底吧？」

元育寧嘟起了嘴，就像個小章魚嘴，心裡很不是滋味，臉上一陣青一陣白，但又得矜持住，就怕被宋耀明看出了些醋味。但心裡想著，剛剛的舉動確實讓宋耀明都有那麼大的反應，還是得做做樣子，換我自願替了宋耀明，名義上體諒宋耀明可以回家休息，實際上是趕緊讓她們不再有機會單獨相處，元育寧皺眉說著：「那這樣，我跟你同去問問醫生，然後你先回去休息，折騰了這麼久，也該回家梳洗休息一下吧？」宋耀明聞聞自己身上的味道，想想也認同，兩人就往樓梯走去。

而往病房的楊貴妃，經過元育寧一鬧的死裡逃生，楊貴妃心裡認定這地方鐵定無法繼續待下去了，否則哪一天被殺了都沒人知道。一直想從護士們手中掙脫，一路上大吼大叫，護士趕緊叫醫生過來看看，情急之下，醫生看楊貴妃情緒一直無法穩定下來，就先打了個鎮定劑。

剛好宋耀明和元育寧趕上，兩人見狀趕緊問問醫生：「醫生，現在病人是什麼狀況，還有傷及其他地方嗎？」醫生嚴肅地說：「現在病人情緒相當不穩定，可能得等診斷報告出來，還需要轉往精神科協助治療，初步判斷可能有創傷症候群產生，詳細還是得等精神科醫師協助診療後才有辦法判定。現在我們先注射鎮定劑讓她先冷靜下來，我們建議再多住幾天持續密切觀察。」

兩人謝過醫生後，宋耀明拉開床邊的椅子讓元育寧坐下休息之後，宋耀明看著又陷入昏睡的楊貴妃，備感無奈。心裡想著，這下，又不知道得折騰幾天，只希望別再出事，剛剛元育寧反應這麼激烈，如果讓元育寧留下，不知道又會鬧出什麼大事，一手搭著元育寧的肩，一邊說著：「育寧，還是妳幫我回去拿個幾套衣服吧，這邊還是我來顧，施工的師傅也是妳叫的，妳回去看看我也比較安心，過幾天或許警察就會找到她的家人，我就不用再繼續待在這邊了。」

這可跟元育寧打的如意算盤完全不一樣，元育寧馬上起身說：「可是……。」宋耀明輕輕壓下元育寧說：「別可是了，就這麼做吧！」看著宋耀明堅定的眼神，元育寧也不好再反駁下去，說也是白說，只好摸摸鼻子，乖乖回去舞蹈教室監工了。

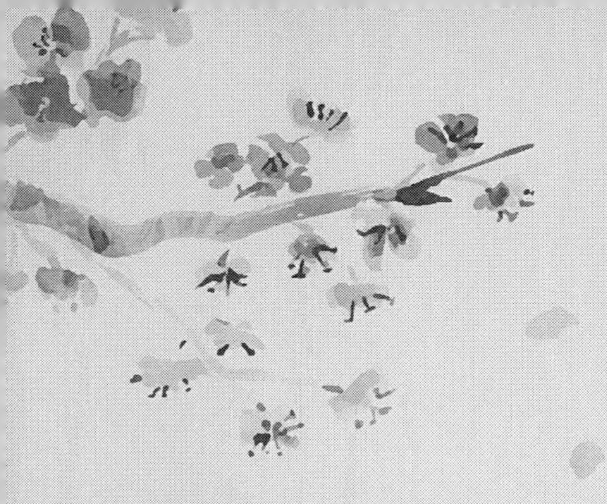

第三章

未知重重

開車回舞蹈教室途中，元育寧整個腦子裡都跑著宋耀明陪著楊貴妃的畫面，還有剛剛宋耀明那從未見過如此堅定的眼神，心裡越是發慌，深怕宋耀明就落入對方的美人計，總得想想辦法，把楊貴妃攆走才行。

「總不能讓那賤人就這樣坐享其成，我費了多少功夫在宋耀明身上，才終於換得一道關注的眼神，她什麼都沒做，只是躺在那病床上，就已經奪走所有的關注眼神，再怎麼樣也說不過去，要趕緊處理，免得夜長夢多……。」元育寧心裡開始盤算著，要如何將宋耀明再拉回到自己的身邊。

宋耀明想了想，擔心元育寧回去又胡思亂想，正想拿起手機傳個訊息，就聽到楊貴妃驚醒的聲音。

「啊！啊！別過來！不准過來！放開你的手！」楊貴妃夢見又有人一路追著她，眼見前面就懸崖，走投無路被人抓住了衣角。

宋耀明趕緊放下手機，一個箭步靠近病床，滿是擔心的眼神，輕輕地搖著楊貴妃的肩膀，輕喊著：「小姐，小姐，妳醒一醒啊！妳還好嗎？」

楊貴妃還處在驚魂未定之中，根本聽不進宋耀明對她說的任何隻字片語，嘴中又開始念念有詞：「不是我，不是我，別抓我！別抓我！啊……！」宋耀明趕緊壓住扭動的楊貴妃，但又深怕她因此受了傷，這時候楊貴妃趁宋耀明來個措手不及，一溜煙就從宋耀明身旁滑過去，直衝出了病房，一路在病房的走廊上狂奔，大家紛紛閃躲出一個通道，如同摩西分海般，這時的楊貴妃絲毫不敢回頭，深怕一回頭可能又會被抓回那四面都塗滿死白灰色的床榻上。整個人發瘋似地開始在病房走廊上狂奔，哪裡有門，就往哪裡衝，把整棟的病房鬧得雞飛狗跳！

好不容易到了一樓，楊貴妃衝出了急診室門口，又撞上一行剛發生車禍而受傷的孩子，整個人在地板上翻轉了一圈又一圈，但是楊貴妃還是擔心自己再被抓回去那奇怪的地方，搗著腳、咬著牙，還是趕緊往外邊馬路衝過去。殊不知前方已經十字路口閃著黃燈，突然有一輛車按了長長的喇叭聲，楊貴妃看到這龐然大物般的大卡車，整個人都傻了、愣了，不知道該如何是好……，而後方又恰巧是元育寧的車，就這樣直直地撞上去了……。

就只差零點零零零一公分，大卡車在楊貴妃面前剎住了，但這樣的驚悚程度，足以將楊貴妃整個人嚇暈了過去……，卡車司機誤以為自己撞傷了人，趕緊衝下車，一探究竟到底楊貴妃傷勢如何？司機叫了楊貴妃幾聲，拍了她的肩膀幾下，發現其呼吸似有若無，一方面趕緊呼喊附近的急診室醫護人員過來幫忙，一方面也趕緊衝到後面元育寧的車前，高大的卡車司機在車外大吼著：「會不會開車啊妳！搞什麼啊！妳都撞死人了！

還不給我下車來看人家傷勢！」卡車司機就像巴不得要把元育寧生吞活剝，右手直指著元育寧，直愣愣瞪著她，但是在車內的元育寧整個人就像失了魂的空殼。

一直到一群醫護人員為了搶救楊貴妃，一行人突然齊聲來了幾聲大吼，才把元育寧從混亂的思緒中拉回，但看著眼前兇悍的卡車司機，元育寧又再次受到驚嚇，整個人驚魂未定，兩眼瞪大，雙手緊抓著方向盤，口中唸唸有詞地說著：「不是我，不是我做的，我不是故意的……，我沒有殺人……，人不是我撞死的……。」

好不容易趕緊將楊貴妃送上了病床，再次推回到那四面死白的病房內，就像噩夢般，楊貴妃張牙舞爪地開始大喊：「啊！啊！啊！」直到揮到無力了，才終於連同聲音都停了下來，整個人愣在那兒，兩眼空洞無神，就像衝上天的水柱，到了最高點後，整個人瞬間落在病床上。搶救的醫護人員們面面相覷，第一直覺感到這不妥，趕緊派一位人員出去請醫師來看看，其他人繼續布置著各式各樣的搶救器材。宋耀明被這一群進進出出的醫護人員不得不擠到病房最外面，好讓醫護人員們可以好好搶救楊貴妃。

蘇醫師帶著一行人趕緊往病房內，對楊貴妃重頭到腳仔細來回檢查了好幾次，從瞳孔光線反應、嘴內喉嚨檢查、手腳反射性檢查等，蘇醫師越檢查眉頭越是深鎖，就是沒看出個什麼端倪，跟旁邊的護理長說:「上次的斷層掃描報告出來了沒？」

護理長回道：「蘇醫師，檢查報告已經出來了，馬上拿給您。」只見護理長拿了一大疊報告書，蘇醫師左翻又翻，這下子又讓蘇醫師更匪夷所思，竟然行醫這麼多年，從沒見過這樣的紀錄，數據顯示不出來，還多出了許多一連串奇怪的代碼和數字。

蘇醫師問起：「是不是那天機器壞了？不然這數據怎麼一個頭兒也沒有？」護理長回應：「蘇醫師，我也不知道，我只是將檢查部那邊給我的資料，原封不動地交到您手中，另外，檢查部那邊的唐醫生要我帶話給您，她說，這也是她頭一次遇到，將資料重新整理了好多次，還是出現一樣的狀況，還想請您過去一趟！」蘇醫師聽到這一番話，丟下了報告書，馬上掉頭，直接往檢查部方向走去。

徒留一臉錯愕的宋耀明，不知道該拿楊貴妃如何是好？自己撿起那疊報告書，一頁一頁地翻著，發現就如同剛剛蘇醫師所說的，一連串的亂碼，讓他不得對楊貴妃開始抱持著懷疑，不知道楊貴妃是人還是什麼……？

宋耀明看著兩眼空洞，全身癱軟在床上的楊貴妃，不禁自顧自問起：「妳到底發生了什麼事？為什麼會來到這裡？難道妳是從其他世界逃來的？」

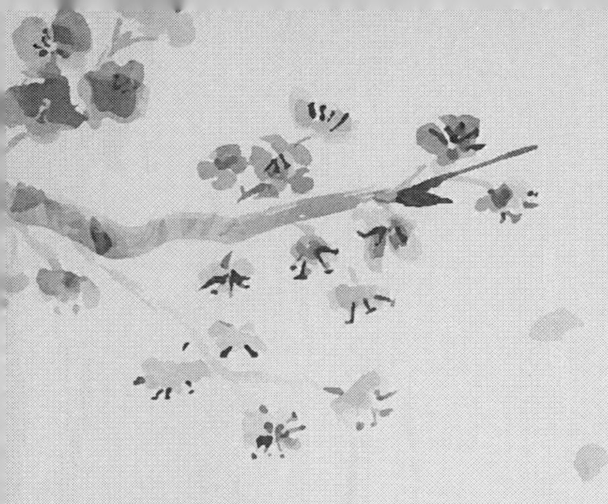

第四章

凡事都見笑

經過一個禮拜的精密觀察，蘇醫生也說楊貴妃身體已經恢復的差不多，診斷報告也沒有檢查出什麼問題，只需定期回來精神科追踪即可，但是遲遲沒等到警局通知的家屬消息，這下子該怎麼辦，可讓宋耀明傷透了腦筋。

宋耀明在病房內踱步來、踱步去，看著楊貴妃熟睡的臉，就像嬰孩般的稚嫩，好像全世界都可以因為她熟睡而停止。停下了彆扭的腳步，越看越入了神，逐漸流出了溫柔的氣息，已不再是陌生的距離，而是一個貨真價實的男人，看著好感女人的眼神。

楊貴妃似乎感受到直盯的雙炯，雖不會太逼人，但也是說不上的怪，總覺得就有人在正前。她揉揉地睜了眼，就這樣兩人對上了，這不對還好，一對上，就像看見了彼此眼底的深邃，毫不保留地一下子全給了。

宋耀明感受到這僵局，說了也不是，不說也不是，男子漢就先發個聲吧！宋耀明便笨拙地說了句：「妳的身體好些了嗎？還有沒有哪裡還疼？」

楊貴妃簡單回了句：「是不疼了，但是總覺得無力，總想發睡。」

宋耀明想起醫生說的話，為了控制住楊貴妃的情緒，在藥裡放了些安眠藥和鎮定劑，讓她可以多休息幾天，溫柔地說：

「發睡就睡吧！我會一直在這兒陪著妳，妳不用擔心，讓身體好些恢復再來找回家的路吧！」

楊貴妃聽了聽，放心地又緩緩闔上了眼，沉沉地繼續睡去。宋耀明踮起腳跟，亦步亦趨走回病床邊的座椅，不小心又被這景給迷住了，頓時趕緊拍拍自己的臉頰，心想著：「宋耀明，你在想什麼？她只是個謎，並不是跟你同世界的人，得醒醒才行！」

再等下去也不是個好辦法，宋耀明幫楊貴妃辦了出院，收拾東西過程中，宋耀明摸起楊貴妃的衣裳，發現這可不是件普通的料子，恐怕在國內還找不到師傅可以做出這樣細膩的手工。雖說衣裳好，但總不能在現代穿這身，還是得帶她去添些現代的衣服。

宋耀明領著楊貴妃到停車場，楊貴妃剛剛已經被電梯嚇得蹲在地上完全一動也不動，好不容易爬出了電梯，現在又要坐上一個像是大甕的東西，楊貴妃不禁問起：「沒有轎子嗎？我們一定要搭這個像甕一樣的東西嗎？」

宋耀明終於憋不住，整個笑開懷，人倚靠在車門上，這下子又讓楊貴妃可更摸不清了，感覺就像做了什麼蠢事，身為貴妃竟然讓一個不知道從哪裡來的人這般嘲笑自己，說什麼也要顧足自己的面子，於是，楊貴妃清清喉嚨，拉高聲調地說：「那個，我說，我剛剛只是測試你，我當然知道沒轎子，但總得讓我搭個像樣的吧！再怎麼說，我的身分和地位，總不能讓我搭這個東西吧？」

宋耀明擦了擦眼角的淚水，深呼吸一口氣，知道自己已經失態了，趕緊讓自己稍微冷靜一下，沉住氣跟楊貴妃說：「小姐，我還是不知道該怎麼稱呼妳，先稱呼妳『小姐』好了，我們現在沒有轎子，也沒有馬車了，我現在身邊這個『東西』，叫做『車子』，是現在最好用的交通工具，當我們要去任何地方的時候，就得需要它。」

楊貴妃聽得一楞一楞的，還是不知道宋耀明說的是什麼，但是又不想再被人嘲笑，就接著說：「好吧，這次我就稍微忍忍，先搭這個你說的『車子』，下次我可是不搭了！」宋耀明笑笑地無奈搖搖頭，但是還是得保有紳士風度，繞過楊貴妃，幫她開了車門，說了句：「請。」

既然自己都說要搭了，只好硬著頭皮，故作一派正常，但是心裡卻緊張地滴咕著：「這要怎麼坐啊？怎麼進去啊？」宋耀明看楊貴妃不知道是很害怕，不敢進去車內，還是真的摔傷了腦袋，真的不知道該怎麼做，於是就先自己示範坐進去的動作，也證明進去不會發生任何事情，這會兒楊貴妃看懂了，就點點頭，宋耀明也趕緊跨出副駕駛座，讓楊貴妃優雅地坐進去，並隨後，宋耀明帶著楊貴妃就直往了百貨公司去。

第五章

心動的感覺

正當車子要發動，宋耀明發現楊貴妃還沒繫上安全帶，就側過身，伸手拉了安全帶，兩人的距離，瞬間從百降為零，兩人近的連呼吸聲都聽得清清楚楚，也巧妙地搭配著。

頓時，空氣中瀰漫著詭譎的氣氛，心跳聲「撲、通、撲、通……」似乎是已經說好的默契，兩人的心跳聲剛好你一聲、我一聲，宋耀明進也不是，退也不是，心裡想著：「這……。」

要怎麼化解尷尬？這還是我第一次這麼近距離看著她，仔細一瞧，原來是鳳眼，細細的柳眉，這皮膚真的是白裡透紅，真的很適合畫唐妝，脖子上掛著一塊玉環，這似乎在哪裡看過？等等……我在想什麼？宋耀明趕緊抽身回到駕駛座，緊張地趕緊說句話畫破這尷尬的氣氛：「幫妳繫好了，那……我們就出發……」

楊貴妃吐了好大一口氣，整個人跌滑了好幾公分，癱軟在副駕駛座，心裡就像是從懸崖邊剛被救下來似的。心裡也想著：「剛剛近距離看著他，才發現原來他是濃眉，也有著濃長的睫毛，身上有著說不出的迷人香味，等等，我在想些什麼？」宋耀明說著什麼話，楊貴妃壓根兒也沒聽進半個字，只是簡單回一聲：「嗯！」

整趟車程，就像瞬間結冰似的，前方的紅綠燈讓車子停了下來，兩人不禁好奇心想偷看對方，但又怕被對方發現，宋耀明故意裝作在選著歌，眼神一邊瞄著，一邊想著：「不知道剛剛她會不會覺得我很奇怪？」

楊貴妃一邊裝著研究從沒見過的「車子」，一邊也瞄著宋耀明還有些什麼反應，心裡也想著：「剛剛瞧我這兒，不知道是不是發現了什麼？」

這一瞄，還真的湊巧兩人對上了眼，就像磁鐵同極，兩人馬上相斥，自動將頭轉回各自的方向，馬上又裝作沒事，直到後面的喇叭聲，才讓宋耀明回過神，繼續開車往前行。

一路上，直到百貨公司，兩人一樣不發一語，誰都不知道該怎麼道破這尷尬。停妥了車，宋耀明再次先說話：「我們到了，下車吧！」

楊貴妃想著「下車」應該是指可以離開了吧，但是，即使用盡全力，左推右推的，怎麼推也推不開，用力拍打著窗戶，說著：「這怎麼開不了？到底是怎麼回事？來人啊！誰來幫我推一下？」

宋耀明無奈地搖搖頭，實在看不下去，開了車門，繞了半圈車子，走到副駕駛座門前，輕輕一扳了車門，還沒等楊貴妃反應過來，雙手還在用力拍著車門，當車門開啟的一瞬間，楊貴妃整個人往前一傾，整個人像是山上滾下的落石，重心完全無法再拉回，楊貴妃心想：「糟了！這下子全毀了！」

說時遲那時快，宋耀明見狀，趕緊一個箭步向前，雙手將楊貴妃抱住，也因沒站穩腳步，兩人就一股腦兒摔倒在地板上。楊貴妃整個人躺在宋耀明厚實的胸膛上，驚嚇還未回魂，但卻深深感受著宋耀明紮實的心跳聲撞擊著自己的臉頰，緊閉著雙眼的楊貴妃，直到宋耀明實在被壓著疼了，不禁說了一句：「哎呀，我的背……。」整個人跳了起來，馬上雙手順著自己的頭髮，一副裝作沒事樣。

楊貴妃嘴裡嘟噥著：「你……，身體還行嗎？」

宋耀明沒聽清楚楊貴妃說的話，側著身，兩手撐起，好不容易坐起身，一邊撫著自己的背，一邊說著：「妳剛剛說了些什麼？」

楊貴妃又惱又羞地大幅度轉了一圈，轉向宋耀明，原本預備再說一次剛剛那句話，但這一轉身，這距離又瞬間拉近，兩人的唇剛好就碰上了！楊貴妃瞪大了眼，發現自己怎麼做了這麼見不得人的事，男女可授受不親，這下子該怎麼見江東父老了？

宋耀明也被這突然轉身一吻，整個人也茫了，腦袋瞬間當機，身體也整個像是被點了穴，動彈不得。直到楊貴妃突然怒喊了一句：「放肆！來人啊!救命啊！誰能來救救我啊！」接著，火辣辣的巴掌瞬間打在自己的左臉上，整個人才像是被解了穴，晃了晃腦，才回過神來，解釋著：「別喊了，小姐，妳這樣一喊，我等等真的就會被抓走了！」

一聽到宋耀明說自己會被抓走，楊貴妃更是肆無忌憚地大喊：「趕緊來人救救我吧！救命啊！」這下不管什麼男女親不親了，宋耀明一躍起身，一手摀住了楊貴妃的嘴，一手捆著楊貴妃雙手，楊貴妃只剩「嗚~嗚」的聲音，但又想趕緊甩開宋耀明的手。

宋耀明趕緊說：「我的好小姐啊，先冷靜一下，我只是要幫妳，沒有要侵犯妳的意思，剛剛真的是一場誤會，我們各退一步，冷靜下來，好好說話，好嗎？」

楊貴妃看著宋耀明真誠的眼神，雖心裡仍狐疑著，但動作也逐漸緩和下來。宋耀明感受到楊貴妃情緒逐漸穩定，也將雙手放開。

宋耀明雖然知道是楊貴妃因為轉身不小心吻了自己，但是終究是先低頭認錯，才不會再繼續釀出剛剛的慘況，說著：「我真的無意侵犯妳，剛剛冒犯妳了，我先跟妳道歉！」

楊貴妃也知道，其實剛剛是自己闖出的禍，也不好意思再多說什麼，但還是要一份矜持著說：「看在你這麼有誠意道歉的份兒上，我暫且饒過你，若再有下次，真的就不會這麼簡單放過你了！」

宋耀明回應:「好,好,好,那我們是否可以往這邊走了?」楊貴妃為了避免被看見自己臉紅的模樣,趕緊往宋耀明指的方向走去。兩人一前一後地走著,湊巧出現了一模一樣的動作,都用著右手的食指,輕撫著自己的嘴唇,若有所思地,就像還在回味剛剛那段巧合……。

第六章

人要衣裝

帶著楊貴妃到了之前陪著元育寧買衣服的專櫃，畢竟是女孩子的衣服，就請人員協助楊貴妃挑了幾件適合的。

「歡迎光臨，宋先生～好久不見了，今天有什麼地方可以為您服務的嗎？」專櫃小姐笑著迎接宋耀明和楊貴妃兩人。

「幫我為這位小姐挑選幾件適合的衣服吧！」宋耀明指著楊貴妃說著。

「好的，沒問題，請小姐跟我往這邊走。」專櫃小姐站在楊貴妃前方，做出恭敬的歡迎手勢。

楊貴妃一臉疑惑看著宋耀明，又看看專櫃小姐，不知道該去哪裡，心裡又開始緊張起來，問了問宋耀明：「一定要去嗎？會不會有事？還是其實你早就想把我賣到青樓？我跟你說……。」

宋耀明笑了笑說：「不用擔心，我會在外面等妳，我哪兒都不去，妳就放心地跟這位小姐去吧！這邊不是青樓，這邊是賣衣裳的，這位小姐會幫妳的！」

楊貴妃還是眼神中帶著疑惑，宋耀明又補了一句：「我發誓！如果真的將妳賣到青樓，我何必先把妳救活再送到這裡呢？」

楊貴妃看著宋耀明真誠的眼神，慢慢放下戒心，一面跟著人員走，一面又不時頻頻回頭看，看宋耀明是否還在原地，一直到進入更衣室看不見人為止。

專櫃小姐一邊挑著衣服，一邊跟楊貴妃說著：「小姐您有喜歡什麼特別的顏色或是款式嗎？」

楊貴妃回應：「款式就牡丹吧，牡丹堪稱花中之王，可以說是最能襯托女人的，若要顏色就要大紅，那最是喜氣！」

專櫃人員不禁噗哧一笑：「小姐，我們這邊沒有牡丹，不好意思！」

楊貴妃不解地問：「那你們這邊有何物？」

專櫃人員回應：「這幾款您要不要先試試看？」

楊貴妃看了看，左翻右晃，不禁又問起：「怎麼沒了袖擺？這領也高了，這胸要怎麼撐啊？也沒內裡？我說，你們這邊沒有唐服可以讓我穿嗎？」

這下子專櫃人員可真的笑倒了，雖然說顧客至上，但形像也無法顧及了，整個人倚靠在旁邊的鏡面，捧著肚子，笑的氣都快岔了。

楊貴妃開始一股怒氣從心中慢慢升上來，但顧及自己高貴身分，忍著氣，背對著專櫃人員深呼吸了幾次，勉強張著略為猙獰的臉，有些高八度音地說：「有何可笑之處？我只是提出衣裳的事兒，這人怎麼就這樣一直取笑於我？」

專櫃人員感覺到不對勁了，趕緊收起笑容，趕緊恭敬地向楊貴妃道歉，於是拿了幾套衣服之後，趕緊引導楊貴妃到更衣室更衣。

但這更衣又考倒了楊貴妃，楊貴妃心裡想著：「這到底是哪一族的服裝？前後都不知道該如何穿起？」

好不容易折騰好一會兒，楊貴妃費了一大把勁兒，才把衣服穿上，這時正巧宋耀明也走近更衣室，想要看看她穿得如何？

這布幕一拉開，可讓全場的人傻了眼，完全說不出一句話，也不知道該怎麼形容起，這麼奇特的穿法，還真的是第一次看到！這兩邊的袖口突然裂了好大一道，專櫃人員頓時不知道該怎麼補上這缺口，袖口邊的縫線飄啊飄，參差不齊的布料，也因為楊貴妃一邊輕拍整理身上衣物，又掉了幾塊。楊貴妃自信滿滿，看著大家吃驚的眼神，頭仰的老高，更是一臉不可一世，準備好接受眾人的讚美！

如果說她是個野放崇尚自然的服裝設計者，那只可能用「野獸派」來形容了！

第七章

黯然離開

過了好一會兒，楊貴妃看大家這麼吃驚的模樣，都說不出半句話來，自己便率先打了個頭：「如何？我把這件衣裳改了些地方，雖然還不上眼，但還堪用。」這下子，宋耀明眉頭緊鎖，想著等等到底要賠了幾件衣裳，又要如何婉轉地跟楊貴妃說不要破壞衣服？

突然有一個掌聲開始，大家也默默跟著鼓掌，並眼光循著聲音找到了後方一位穿得相當莊重大方的男子，身高約有一米八，氣質非凡，身穿衣服的顏色雖然是撞色，卻協調地剛剛好，專櫃人員趕緊齊聲喊道：「總經理好！」

這位總經理一邊拍著手，一邊走進人群，說：「好久沒看到這麼特別的客人了，還記得十年前我還是一個賣衣服的專員，也遇過類似的客人，那種放蕩不羈的野獸感，真的世界上寥寥無幾。」

總經理這等人物都這麼說了，專員們當然也就不足為奇，也跟著嘖嘖稱奇，楊貴妃千想萬想也沒想到，竟然會有人這樣大大稱讚她的「作品」？！

總經理又接著說：「不造作、純手工的設計，是千載難逢的創造者，這袖口扯的恰到好處，不落俗，如果再多些飾品，就可堪稱極品！」

雖然不懂總經理到底是什麼意思，也聽不懂他到底在說些什麼，但是看起來鐵定也是不簡單的人物！這一番看似稱讚的話語，可讓楊貴妃更是得意極了！看著整件事情漸入佳境，才讓宋耀明眉頭漸漸放鬆，不禁啞然失笑，嘴角漸漸上揚，心中的大石，總算可以落下來，不然這下子不知道又要破壞幾件衣裳才肯罷休……。

這下子可讓楊貴妃樂的飛上天了，趕緊回應：「果然是慧眼識英雄，那我再去找個幾件試試，如果……。」

宋耀明趕緊拉住楊貴妃，怕等等整家店都被她破壞了，一邊道歉一邊結帳說著：「沒關係，我們等會兒還有事，先這件衣服結帳就好！」

楊貴妃一邊想試著甩開宋耀明的手，一邊惱著說：「我都還沒大展身手呢，怎麼就要走了？人家甚麼理的，還說著十年難得一見，不嶄露個幾手，太對不起人家了吧！我說的話，你有在聽嗎？」

宋耀明裝做什麼也沒聽到，趕緊刷了卡簽了名，連忙拎了衣服就往外走。楊貴妃被宋耀明拉了好長一段路，才終於成功甩開他的手，左手微轉著右手被拉疼的地方，微怒地說：「你到底是怎麼一回事？從沒看過你如此模樣！」

宋耀明自顧自繼續往前走，徒留楊貴妃一個人在十字街頭，兩眼直愣愣地看著宋耀明離去的背影。楊貴妃不懂，一直都不懂宋耀明離去的原因，只知道……她的手好痛……，而走遠的宋耀明也是隱隱作痛。楊貴妃痛的，是手上宋耀明留下的指痕，而宋耀明痛的卻是曾經的回憶……。

兩個不同朝代的時空，卻在這時候交集在一起，一場時空的錯亂，他們都不知道，接下來會有都多大的難關在前面候著，只是在同一條路上，兩個人開始有著不同以往的牽絆……。

而此時，天空落下的淚，就像宋耀明心裡烙下的痛，臉上留下的淚水……。走在這冰冷的街道上，即便外面的風刺骨，也比不上曾在宋耀明心裡的痛……。也不知道在大雨中走了多久，宋耀明遲遲未發現身後有一個守護他的人，默默陪著他，無論他到哪，她就到哪……。

當他驀然回首，他才發現，楊貴妃就像一隻落難的小貓，全身溼淋淋的，霎那間，有個熟悉的影子閃過，但磅礡大雨無法看清到底是誰？宋耀明心一驚，這場景似曾相識，再次烙下的不知是雨水還是淚水……。

楊貴妃走進宋耀明，用衣角輕拭那眼角的淚水，給予宋耀明微微一笑，宋耀明禁不住回憶的創痛，狠狠地抱住楊貴妃，又是霎那間的刺痛感，宋耀明椎心刺骨，直逼將指甲刺入楊貴妃背上的肉，但楊貴妃咬著牙忍著，她知道，他今天需要她，需要一個人陪著宋耀明哭，放肆地哭，哭到失聲力竭，哭到肝腸寸斷，她又何嘗不曾如此這樣過？宛如同床異夢，兩個人都陷入各自的回憶中……。

第八章

妳／你，好不好？

那年，宋耀明還只是個舞團的跑龍套，需要四處兼差，才有辦法餬口度日子。但身邊有個貼心的可人兒──楊真曦，讓他無後顧之憂可以四處打拼自己的舞蹈事業。兩個人從小就是在金星舞團練舞長大，培養出青梅竹馬般的感情，在一次國際表演的巡迴場中，因為排演的晚，倫敦下起了大雨，真曦站在劇院的門口仰望著天空……。

「糟糕……又是下雨，怎麼最近倫敦常在下雨啊？」真曦嘟嚷著這濕冷的天氣。

「如果不下雨，怎麼會被稱作霧都呢？」耀明從真曦身後出現，並騰出些空間，拿出一把傘，眼神看向真曦。

「那我就恭敬不如從命囉？」真曦勾起耀明的手，趕緊躲到傘下。

「你說，我們這禮拜巡迴的票能不能賣完啊？」真曦一邊搓著手，一邊呼出熱氣取暖著。

「我個人覺得是沒問題！」耀明眼神閃爍著光芒般地說。

「為什麼這麼有把握啊？」真曦的眼神中就是迫不及待地想聽到答案！

「因為有我啊！我這麼帥氣，而且這次我好不容易可以當第一男主角，觀眾看到換了新口味，能不捧場嗎？」耀明吹捧著自己。

「這是哪裡來的自信啊？怎麼會有人這麼敢說？」真曦調皮地輕捶了耀明胸口幾下。

「難道妳不這麼覺得嗎？」耀明一手抓住真曦的手，深情地看著真曦，正要靠近真曦的時候……。

「等等，等等，這邊雖然是倫敦，但我這姑娘家還未那麼開放的，如果你抓的到我，我再跟你說！再給你……嘻嘻！」真曦身上披著一層薄紗圍巾，外加一層羊毛披肩，在倫敦細雨綿綿夜晚的街道上飄舞著，就像一隻翩翩起舞的蝴蝶，即便是隨興的穿搭，都讓人著迷！

說狂野也好，薄紗飄起又落下，狂放的舞姿讓薄紗停不下腳步，不停地在空中揮舞著，如旗子般在空中為狂風而飄揚，又像流水般在河道涓涓細流。而披肩猶如另一位威武的戰士，一面披肩如同一把斧頭，重重橫切每一道雨，切口的瞬間，還會濺起一波波水花，就像在警惕著四方的敵人，不許輕舉妄動！那畫面甚美，那舞姿堪絕，那服裝如野獸派地澎湃飛揚！

也因這場雨，這飛揚的衣物，讓宋耀明想起了楊真曦那晚在自己面前如蝴蝶般地飛舞，而真曦也真的如同蝴蝶般飛走，從此消失在宋耀明的生活中，因為那場飛機失事，把他生命中最想珍惜的真曦帶走了……。宋耀明不知不覺地將自己的傷心事一五一十地告訴了楊貴妃，讓楊貴妃也不禁跟著潸潸落淚。

宋耀明不禁問起：「那妳呢？又為何而傷心？」

楊貴妃望向一只芙蓉色的貴妃玉鐲，並問宋耀明：「你可知道那只玉鐲是何物？」

宋耀明搖搖頭，嘆口氣說：「這些古董的蒐集，都是我媽的最愛，也是她到中國各地，甚至世界各地去網羅過來的！但自從她離開後，為了保留她的一切，我把所有她最愛的物品都留下，而且，她最愛這只玉鐲，難道……。」

楊貴妃略為點頭：「沒錯！這只玉鐲當時被稱為冰花芙蓉玉，是屬於絕無僅有的貴妃鐲，而會有出現這鐲子，也是因我而起的。」

「那年，我嫁與壽王後，剛好有個機會入宮彈奏幾曲獻給皇上與后妃們，誰知道自遇見皇上後，卻開啟了跟皇上的不解之緣。從那一刻起，我開始不斷地被召進宮中演奏，而壽王為了討好皇上，也不好意思推辭，就這樣一步步走近皇上身邊。就在某次再度被召進宮，我依稀記得月色甚美，內官領著我到了極盡奢華的地方，我從未看過如此絕美之地……，就在沉迷於欣賞之餘，內官就……。」楊貴妃低下頭，開始有點欲言又止……。

「是因為從那次起，妳就跟皇上親密接觸了吧？」宋耀明也是停頓許久，為了打破沉默而說出了這一句。

「我依然記得，那晚……，宮女們幫我褪下了衣物，說是為了見皇上，所以需要更衣沐浴。而我就在池內撩起一波波的水花，正沉溺在盥洗的舒適感中，突然就被皇上……。」楊貴妃臉上逐漸紅潤起，整個人羞愧到極點。

「所以其實妳也算是被連哄帶騙地進了宮，但是妳後來還是愛上了皇上，而那愛情故事還被寫成了長恨歌，成了流傳千古的愛情史。至今，我依然記得那是我媽最愛的唐朝事，也是妳與唐玄宗的故事。」宋耀明一邊端著茶水，一邊將另一杯遞給了楊貴妃。

「那晚真的很美，就在最突然的情況下，見著了皇上，皇上可能也知道我相當地緊張，從未見過如此溫柔的皇上，將我拉緊緊於懷中，並依偎在他的胸膛上，伴隨著美酒，吟唱起各家詩曲，在歡樂之餘中，吟出了一對在天願作比翼鳥，在地願為連理枝……。」楊貴妃語畢便陷入思緒中……。

宋耀明也清楚此時此刻，不該打擾著楊貴妃的思緒，畢竟從唐朝跨越來現代已經是相當離奇的事情，而自己的家中又擺滿著過去曾是楊貴妃她生活中的一點一滴，如何能不想起那美好的回憶，自顧自回到廚房斟上一杯酒，並走進了書房，拿起書櫃上的一紙相框，問起：「妳最近過的好嗎？在那邊有沒有繼續往妳的夢想前進？我想，妳應該還是那樣忙碌地過著生活吧？」

楊貴妃也走近陽台，抬頭望向天空，看著似曾相似的一輪明月，不禁喃喃地說：「皇上，您一切安好？臣妾對您思念甚切，不知道您在宮中，是否也一樣思念著臣妾？一樣地望著同樣的月？」

第九章

重新來過

兩個人一夜都未闔眼，心中都是百感交集，看著升起的太陽，也只是淡然覺得又是一天，就像在度日子，一直在等待⋯⋯等待⋯⋯，漫漫長長地等一個不可能回來的人，候一個見不到的人⋯⋯。兩個人剛好同時開門，看到彼此的第一眼，不禁會心一笑，一同走往餐廳的桌椅坐下。

「那這樣⋯⋯你⋯⋯」

「那這樣⋯⋯妳⋯⋯」

兩個人又恰巧問起對方，頓時停了幾秒，相視而笑，宋耀明再度問起：「昨晚睡的安好？」

「昨晚⋯⋯其實一夜都未闔眼，還是想著那件事，還是擔心著皇上，不知道聖人現在過得如何？恐怕心裡已經沒有臣妾了⋯⋯。」楊貴妃默默眼角擰出一行淚。

「不會的，聖人一定現在心急如焚地在找妳，不然這樣歷史就會改寫了，妳看，現在這些東西也都還未消失，代表妳還是有機會回去的，我們不如重新來過，試試各種方法，能不能回到過去？」宋耀明眼神充滿希望地對著楊貴妃說。

「是這樣嗎？聖人心裡可還有我嗎？」楊貴妃心急地問著，深怕在那代那時的聖人早已見異思遷，忘了這可人兒。

「會的，我相信會的！妳忘了還有霓裳羽衣曲嗎？那是聖人對妳的愛意！妳也是在這首曲子中，給予聖人滿滿的愛，在這首曲子中，我在重新譜曲過程中，感受到你們那恩愛的情意，彼此都寄託著彼此，濃濃烈烈的，讓人很欣羨！可惜，他已經無法跳這首曲子了……。」宋耀明希望可以給予楊貴妃更多信心，更多希望，一直在鼓勵著！

「不如……讓我試試看？我也想要試試看你重新譜過的曲子會變成什麼樣子？但是，我可不保證我可以跳得比你心中的那個她好……，不過好歹我也是大唐時期數一數二的！」楊貴妃振起精神地說著。

「是是是，楊貴妃的舞藝無人不知、無人不曉，能請到妳，真的是我莫大的榮幸！此生已足矣！」宋耀明收到突如其來的回應，真的是又驚又喜！

「別貧嘴了！我餓了，可以用早膳了嗎？」楊貴妃無辜地回應著。

「當然可以！都怪我，顧著說話，都忘記早膳這件事，我趕緊來準備一下！」宋耀明喜著、樂著，一下子撞到桌角，一下子又撞到牆角，讓楊貴妃看了是樂得笑開懷！兩個人也是相視而笑，化解了昨晚的疙瘩。

享用完了早餐，搭上宋耀明的車，楊貴妃與宋耀明一同前往宋耀明的舞蹈教室，看上去，即將開啟另一波新舊世代的舞動。或許是兩人同病相憐吧！上天也不忍讓這兩位傷心人繼續傷心，讓彼此有個安慰，有些事情做，才有辦法分散注意力，也分散了些微的痛苦。兩個無法跟思念的人團圓，無法跟過去說再見，或許外人看來他們都是癡情人，都是念舊之人，也都是重感情的人。但在他們心中，是有說不出的苦，卻是堅忍地活著，放著心中的虐，任思念在腦海中咆哮，任回憶在夢中放肆重播……。

左一輕滑出，右一轉定位，兩三舞者齊步邁高步，跳出了另一番韻味的霓裳羽衣曲，楊貴妃才剛下了車就被吸引過去，看傻了眼，實在沒看過如此舞風，舞者們都是曼妙身材，冷酷臉龐，雖說跟大唐時期的舞者相差甚遠，在曲風上，看著有似曾相識的感覺。若再細細一看，就會發現其墊步、滑步、轉身……等，著實是過去從未想過的舞步，楊貴妃不禁開始掂尖了腳，手也跟著教室內的舞者舞動了起來。轉身身，畫個圈，就轉到宋耀明的跟前，一不留神，跌了個踉蹌，宋耀明也下意識雙手自動遞了上去，就這樣楊貴妃轉入了宋耀明的懷抱，一同做了一個小結。

方才回過神，楊貴妃發現大家已經圍了兩圈又一圈，無不拍手叫好，有人便問起：「明哥，你可找了什麼樣的高手來？

才看個幾秒，就可以跟上大致舞步，而且長相看起來就像是古代走出來的人物，如果不是穿著現代的衣服，看她跳的那幾小節，你說她從唐代來的，我都相信！」

宋耀明聽了一席話，頓時嚇了一身冷汗，深吸了一口氣，淡淡地說：「沒錯，她可真的是從唐代來的！」

馬上又有人起鬨著：「明哥，你是在唬我們吧？都什麼年代了？唐朝早就是N百年前的事情了，難道這是在拍穿越劇還是拍電影啊？」其他的人也覺得是宋耀明在逗弄著大家，整個哄堂大笑，覺得這回可真的逗趣極了！

宋耀明心知肚明，知道自己再怎麼解釋也是白費工夫，楊貴妃倒是覺得奇怪了，開始高八度的說起：「你們可要識相些，我真的是從大唐來的！不錯，剛剛已經有人略猜出我的真實身分了，如果在大唐，你們可要退後十步，對我敬畏三分了！」

更有人接著說：「不知是何方神聖大駕光臨？可以來到我們這寒舍？如果要說穿越，應該也是要明哥回去唐代，我追過那麼多劇，還沒有看過或聽過從過去穿越到現代的，這劇的口味挺新的喔！明哥，何時開拍？何時上映啊？」

宋耀明拉了拉楊貴妃，提醒著別再繼續下去，徒勞無功的！楊貴妃好氣沒氣的，憋著一肚子委屈，只好作罷。宋耀明拉高了嗓子趕著人群，挪開了一圈又一圈的人群，領著楊貴妃走進教室內，也不忘回頭喊著：「還不快來辦正事？」

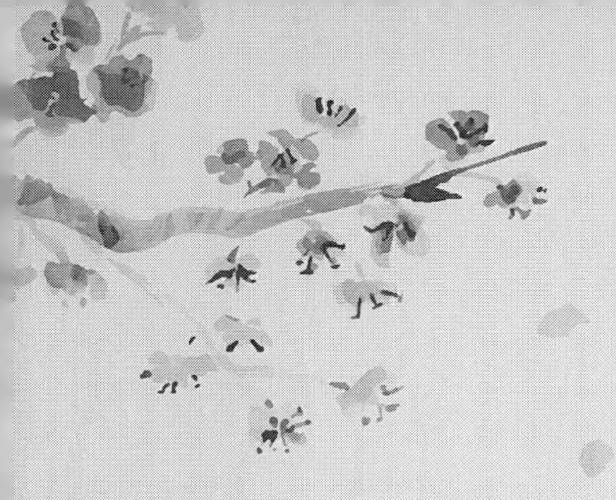

第十章

一舞再舞

宋耀明待舞團團員回到了教室，向大家介紹楊貴妃，但是宋耀明心想，總不能用本名來介紹，得改個名，既然大家不能信服這樣的荒唐事，宋耀明動了腦筋，緩緩地說：「跟大家介紹一下，這位是來自大陸的舞蹈老師，她姓楊，大家可以叫她楊老師就好。」

馬上就有人舉高了手提問：「明哥，你在這節骨眼請了一個大陸的楊老師，那我們現在到底是要跟著育寧姊繼續排練，還是得跟著這位『楊老師』？」果然不出宋耀明所料，元育寧在這舞團已經有些跟班，也知道關係匪淺，都是站在元育寧同一陣線上，這時如果將楊貴妃安插在舞團中，一定會有人有不同的聲音出現。

只見元育寧在人群後頭遠遠地觀望著，若有似無地在等著宋耀明給大家、以及給她一個「合理的解釋」。其實宋耀明心中早就有個底，便說：「不如你們先看過楊老師的舞步後，再看看大家是否服氣吧！服了，就聽她幾句雕動作！」

宋耀明向楊貴妃點了點頭，楊貴妃知道這場舞她是一定得跳，不然也是無法讓大家信服於她，便走了幾步，讓大家騰出些空間，等著霓裳羽衣曲的音樂落下。

定位後挺直了身子，跨出了一個墊步，左點、右滑的，腳步輕盈地似神仙般，就像要飄上了天似的。輕轉了幾個圈，一蹲一跳，快步走了幾步，就這樣來回好幾趟，也不見楊貴妃臉紅氣喘的。甩著甩袖，袖子就像是黏在楊貴妃手上，聽話地轉了好多圈，不見其打在一塊，若不是有些底子的人，可真做不出這樣的真功夫來！

宋耀明看著團員們眼神直盯著楊貴妃看，就知道這一舞已經收買不少人心了，只剩後續些溝通的小問題，這次展演應該會擦出更多不同的火花！元育寧看出宋耀明的眼神閃爍著有別於以往的光芒，她也看出宋耀明對楊貴妃早有不同的情意。她更知道這楊老師來者不善，要讓她在這好不容易經營起來的舞團，在這次拱手讓人了。

楊貴妃才一舞畢，全舞團的團員都起身拍手叫好！對於楊貴妃的舞藝，無不驚呼連連！這下子讓那些原本為元育寧發聲的，也都啞了口，只能默默地跟著拍手，並偷偷地往元育寧方向看去，不知道該怎麼幫她了……。楊貴妃看到大家這麼鼓動人心的為她歡呼，恍若在大唐她第一次為聖人在眾人前舞了這首羽衣曲，那歡聲雷動，那聖人為她驕傲的神情，恍若昨天歷歷在目……。只是自己和眼前的人們現在換了身衣服，而上方也沒有聖人坐在那……。不禁嘆了口氣，落下了幾滴淚。但楊貴妃知道，她既答應了宋耀明要幫他，就用衣袖輕揮去那些思念的淚水，小蹲了個身，謝過大家。

宋耀明也逐漸走進楊貴妃身邊，示意要讓大家先安靜下來，他要說幾句話，大家也了解他意思，頓時就安靜的無聲無息。宋耀明看著大家，開心地說：「我就說我真的請了個唐代老師來吧！大家可都信我了？」

團員驚呼地說：「明哥真的是厲害了！竟然可以邀請到這位這麼厲害的楊老師！我們都想好好地跟著學個幾步，看能不能做到她幾成。」

又有另一團員說：「是啊、是啊！這真的是詭譎了！從來沒見過這樣的舞步，也沒看過這麼神仙般地舞動這支羽衣曲！大家再給楊老師一個熱烈的掌聲吧！」

楊貴妃也笑開了嘴，她知道她成功地用實力獲得大家的信服，也轉過頭看著宋耀明笑著，但這時看在元育寧眼裡，卻是痛著、恨著。宋耀明也趕緊把握住時間，叫大家趕緊排好隊形，開始讓楊貴妃一一地去雕動作。深怕來不及在展演前再修飾過一些地方，畢竟他是一個力求完美還要再更完美的人，有這天大的好機會，怎麼可能不好好把握呢？

當然楊貴妃也不是省油的燈，嚴格的程度也是不亞於宋耀明，一個動作、一個墊步、一個轉圈，可以一雕再雕，反覆地重跳好幾次，雖然大家都已經手酸腳痠的，但是看著楊貴妃認真的神情，鐵石般地手腕，無不咬著牙繼續撐著，希望就趕緊練好這一小節，讓他們可以休息一下。宋耀明也看出大家的心情，就走進楊貴妃示意該讓大家休息一下、喘口氣，不然再下去，恐怕就有人吃不消了……。

楊貴妃了解宋耀明的意思後，便說：「大家也都累了，喝口水，歇會兒吧！」

宋耀明貼心遞上杯水，讓楊貴妃也可以喘口氣，宋耀明也一邊說：「再這樣折騰下去，嗓子可能都會喊啞，那誰要來再幫我重唱一次羽衣曲啊？」

楊貴妃沒好氣地說：「這才練不過幾刻鐘，你們就都累癱了，在我們當時苦練的時候，可沒有歇息的閒工夫，就是不停地跳、不停地轉，一舞再舞著，哪有像你這樣的『好老師』！」

宋耀明趕緊再遞上毛巾，笑著說：「是是是，我們這世代的人啊，都沒像唐朝那時的人們那番厲害，所以才需要楊貴妃來欽點啊！」

楊貴妃似笑非笑地說：「少在那邊貧嘴了！若不是看你這批舞群都有底子，孺子可教也，我也不可能傾全力去教導。」

兩人在人群的角落一搭一笑著，彼此的好感也持續增溫著，而另一角也在增溫，只是增溫的是內心的火山，等待著時間爆發……。

第十一章

棋逢對手

就這樣練著、戀著，一整天下來，從天白到天黑也是夠受的，宋耀明瞟了一眼時間，發現也超出過去練習時間，就趕緊催促大家回家休息，明天再繼續。宋耀明讓楊貴妃先到電梯口等他，等收拾完東西，確認一些事情後，就可以一起去吃個飯。楊貴妃好久沒有這樣痛痛快快地跟一群人跳著舞，也是有些乏了、餓了，乖乖地小碎步到電梯口等著。

就在楊貴妃趁著打發時間，研究著電梯這玩意的同時，元育寧悄悄地走進了楊貴妃後邊。楊貴妃還在思考著怎麼按電梯，往後退了一小步，不小心踩到了元育寧的鞋，趕緊回過頭看，連忙道個歉。

楊貴妃一邊道歉一邊往另一邊退一小步：「著實抱歉，不知妳在後邊兒，腳尖兒都尚可嗎？」

元育寧淡淡冷冷地回著：「妳到底是從哪裡冒出來的？為什麼要靠近宋耀明？到底有什麼用意？」

楊貴妃看著元育寧來者不善，知道自己被誤會了些什麼，但是也是淡淡地回應：「妳說的話，我壓根兒都沒聽懂，而且我根本也沒必要去靠近宋耀明，是他自己來找上我的。」

元育寧憤憤回道：「什麼叫做宋耀明自己找上妳，如果不是妳先去誘惑他，他怎麼可能會自己去找？我最了解他了，他自從那件事之後，除了工作和這邊舞蹈教室外，他也都不曾再去認識其他人了。」

楊貴妃若有所思，猜想應該就是昨晚讓宋耀明為她哭泣的奇女子吧？好像也是同家的姓楊，便回道：「妳說的是楊閨女吧？」

元育寧訝異竟然短短才認識幾天的眼前這位女子，宋耀明已經對她說出這麼多事情，身在目前的舞蹈教室內，除了第一批留下來的團員，其他後來新進的團員，也都不知道這件事，吞吞吐吐地才道出一句話：「為什麼妳會知道？明明宋耀明誰都不會說的，連我也都是旁敲側擊，趁他酒酣耳熟之際，才聽他酒後心聲，了解他還有這段過去……。」

楊貴妃大概也猜得出元育寧對宋耀明的那片真心，嘆口氣說：「與其要跟我，或是跟已死去的人相爭，不如去想想宋耀明心中真正想要的是什麼吧！」

元育寧不想讓自己的弱點再顯露出，她知道楊貴妃看出些端倪，便反擊道：「妳又知道她想要的是什麼了？」

楊貴妃娓娓地說：「是，我是不清楚，也不想去知道，因為他與我無任何干係，我心中早有人了，這樣妳可放心？」

元育寧不甘心地繼續回著：「妳以為兩三句就可以把我打發掉？門兒都沒有！不要以為妳今天舞這一段就可以收買大

家的心，都只是逢場作戲，日子久了，誰有實力誰沒實力，便見真曉了！」

楊貴妃心想：這真的是哪來的登徒子，就是衝著她來，找她麻煩，完全沒把她楊貴妃的話聽進去，也不放在眼裡，若在過去的大唐時代裡，即便她有十個腦袋也不夠砍。說話如此不好聽，不好好來教教她，日後鐵定後患無窮！

楊貴妃也故意露出恃寵而驕的表情，緩緩地走道靠窗邊說著：「是，日久見人心，如果妳要比舞藝，我奉陪到底，但妳可要知道，是妳對我下的戰帖，我也沒有不收的道理，只是話先說在前頭，如果我贏了，妳得聽命於我，該走或該留在這兒，就是看到時候妳的表現了……。」

元育寧聽了這段話，更是氣憤：「妳可終於露出狐狸尾巴來了！果然妳靠近宋耀明就是沒安好心，想趕走我？門兒都沒有！我元育寧可是舞蹈界數一數二的，我怎麼可能怕妳這個半路出家的？好啊！來就來，如果是我贏了，妳馬上就得給我消失在宋耀明的面前！」

楊貴妃看著元育寧氣憤不平的樣子，不禁笑了出來，說著：「好一個霸氣！但是，到頭來是誰說大話，很快就知悉了！」

正當元育寧想衝向前，對楊貴妃下個馬威，這時恰巧宋耀明出現，馬上衝到元育寧面前，阻擋著：「育寧，不得對楊老師無禮！」

元育寧沒注意宋耀明已經在旁邊，也不知道待了多久，聽了多少，趕緊退後幾步，怯怯地說：「耀明，你誤會了！我只是想跟楊老師多求教些東西，沒有什麼無禮的事，是吧，楊老師？」

楊貴妃當然在宮中早已看多這一類的人，熟稔知道如何應對，也故意再靠近宋耀明一些，小聲地在耳邊跟宋耀明說：「沒關係的，她也沒什麼惡意，我餓了，先找地方吃吧！」

宋耀明點點頭，按了電梯，帶著楊貴妃進電梯，而元育寧看著楊貴妃故意在宋耀明耳邊細語，又護著她離開，臉上早已是一陣青、一陣紫的。又見到電梯門關閉前的一小縫，楊貴妃故意嘴角微微上揚，讓元育寧直直兩眼盯著看傻了。在電梯關門後的下一秒，元育寧抵不住心裡的怒氣，把電梯前的景觀盆栽通通踢倒，對著無辜的花草發怒著……。

宋耀明從電梯內的鏡子反射看到楊貴妃笑著，便問：「貴妃有什麼事情如此開心？」

楊貴妃也不保留，直接說：「這就該問問你的同夥，她的心意你是知道的！但是你再這樣裝聾作啞下去，恐怕她一爆發，就不好收拾了……。」

宋耀明聽了，大概了解剛剛元育寧到底在做什麼、說什麼，趕緊回：「貴妃千萬別誤會，我只是把她當作自己的妹妹看待，根本就沒有男女情懷……。如果她再找妳的麻煩，直接跟我說無妨，我會去處理好的。」

楊貴妃也笑著回：「你對她是什麼心意，你自己知道就好，我也不需要知道，倒也不用說什麼處理不處理的，我只知道我已經餓了，趕緊找個地方用晚膳吧！」

剛好電梯也到了停車樓層，楊貴妃大步邁出電梯，留下傻楞楞的宋耀明也不知道該如何回答是好，只好趕緊小跑步跟上去。

第十二章

一丘之貉

就這樣持續練舞練了好多天，楊貴妃看起來似乎已經放下戒心，元育寧故意冷落了幾天，也讓宋耀明少些懷疑，再開始她們的競賽……。

元育寧暗示一些較為親近的團員，並說：「比賽要開始了！」

這時，有幾位團員開始一邊拿著道具假裝在練舞，一路靠近楊貴妃，趁著宋耀明不注意，還在針對部分團員的動作加以雕琢和修飾，趁亂之餘，一群人用一袋黑布，將楊貴妃「請」出了舞蹈教室，楊貴妃還未反應過來，還來不及喊聲救命，嘴巴就被塞住，雙手也被綁上了繩子，就被轟到一個黑暗地帶，伸手不見五指，感覺空間相當小，伸手去碰觸都是冷冰冰的牆，隱約聽到幾個人聲……。

其一男聲：「這樣應該就可以了吧？」

另一女聲：「確定這樣沒問題嗎？關在這邊，如果一直都沒有人發現，我擔心就真的死在這裡了……。」

再一男聲：「不會啦！這裡天天都有打掃的人會經過，再怎麼樣兩三天就一定會被發現，明天可是我們最重要的展演，怎麼可以讓她搶了元老師的風采？」

又一女聲：「噓！多話！不要讓她聽到是誰綁了她，話少才能少些嫌疑！該走了！別讓人看見了！」一群人就悄聲無息地離開，重回到舞蹈教室，並跟遠處的元育寧示意點頭，代表事情辦成了，讓元育寧明日的展演可以沒有後顧之憂了……。

楊貴妃心知肚明，這綁架她的也只有元育寧一人，只是不知道她竟會用這種下三濫的手法來贏得勝利，她當然也不是省油的燈，如果這樣一招就讓她認輸，她怎麼還可以稱得上「楊貴妃」三字呢？左摸又摸，除了牆以外，還有類似木材材質的一面，或許是一個逃出的機會。如果按照他們幾人的說法，應該今天還是會有人經過，或許今晚有機會可以逃出去，這樣就可以趕得上明天的展演了！楊貴妃心想：我還有幾個小節未琢磨好，這些人怎麼就這樣找起碴來，也等我都辦妥當了再綁也不遲啊……。但人算總不如天算，即便自己已經節節後退，但防不勝防，總不可能等那工作狂宋耀明自己發現，才環顧教室內已經沒有楊貴妃身影，可能都是子時的事情了……。

也不知時間又過了幾分幾刻，總是未聽見任何腳步聲，再繼續這樣無謂的等待，也可能等到明天也沒有人。楊貴妃開始摸索身上還有哪些尖銳的物品，看能不能先解開繩子，再試著撬開鎖。

宋耀明為了隔天的展演，除了一再排練舞步，也趕緊確認好隔天所有展演的行政事務，總擔心會有小地方出了紕漏，就會讓展演失敗……。一群人忙進忙出，總算把舞蹈教室內所有道具都搬過去展演的舞台上，也把流程都全部順過三四回。

這時元育寧遞上一杯熱可可，她知道宋耀明在忙亂中需要些甜食醒醒腦，輕聲說：「來！已經忙壞了，先喝口熱的、甜的，休息一下吧！」

只見宋耀明還一邊看著文件，一邊接過元育寧的熱可可，含糊地說：「謝謝妳！我這邊忙完就沒事了，妳看要不要先回去休息。」

元育寧當然不能放過這個好機會，獻殷勤地說：「就剩明天了，看你手邊還一堆文件還沒處理完，如果沒有我留下來幫你，你說明天展演舞台上，我們不就缺了一個大將？」

宋耀明一邊喝著，一邊笑著回：「現在大將已經不是我了，老了，該換人了！」

元育寧也笑著接過馬克杯，回應著：「再怎麼樣，你終究是這個舞團的天，而我就是地，有我們倆支撐著，舞團才有辦法繼續闖下去啊！」

宋耀明揮揮手說：「別逗了！現在我們都退居幕後，舞台早已是他們的了，我們只是為他們鋪路，也希望他們可以繼續接手下去，讓這個舞團可以在世界上發光發熱！這不就是我們一直以來的共同目標嗎？話說，楊老師去哪裡了？怎麼好像有些時間沒看到她？」

元育寧趕緊打圓場：「她可能還在忙著雕動作吧？我剛剛還看到她在跟團員討論。」

宋耀明闔上文件：「時間也晚了，楊老師和團員們應該也是餓壞了，我來請大家吃消夜吧！」

元育寧趕快擋著宋耀明，回著：「我看這樣好了，我先叫大家帶著楊老師過去我們常去的居酒屋，我們趕緊先把這些文件完成，再過去跟他們會合！」

宋耀明看了一下時間，回覆元育寧：「這些文件也不急於這時處理完，我今晚帶回家處理，不然都這麼晚了，大家也都累了、餓了，總要吃些熱的暖暖身子吧？」

元育寧趕緊說：「這點小事交給他們幾個去辦，帶路過去應該還好，你也說只剩幾份文件，我們趕緊做完，這樣你也可以早點休息，別忘了明天可是我們的首演喔！」

宋耀明也拗不過元育寧，只好無奈坐回去辦公室位置，搖搖頭說：「真的是拿妳沒辦法，那妳先去跟大家說吧，我趕快處理完，晚點就到！」

元育寧笑笑地說：「遵命！」

元育寧走出辦公室，左看右看，確定宋耀明沒有打算跟上，就小快步走到舞蹈教室，跟大家說好消息：「要跟大家說一個好消息和一個壞消息，你們要先聽哪一個？」

大家聽到後，開始有人起鬨：「我的好寧姊啊，到現在還有壞消息啊？」

元育寧賊賊地說：「當然！所以要先聽哪個？」

有人先出聲：「先好消息吧！」

元育寧笑著說：「好消息就是明哥體諒大家今天辛苦練習，要好好犒賞大家，今天消夜老地方，明哥請客！」

大家無不歡呼，拍手叫好，餓了一整天，終於可以好好吃頓飯了！

馬上就有人再回：「那寧姊，壞消息是什麼啊？」

元育寧故意停頓一下，讓大家乾焦急，鬧哄哄地吵著，趕緊要求元育寧快說出壞消息：「寧姊別鬧了！明天都什麼日子，心臟也夠大顆了，說吧、說吧！」

元育寧緩緩說道：「壞消息就是……你們今天不准喝酒！」

團員們噓聲四起，也鬧著：「明天都首演了，誰還敢喝酒，當然是等展演完慶功宴時後才開始狂喝啊！而且要明哥和寧姊請客才行！」大家也都異口同聲地喊：好！

元宵寧也為了提振士氣：「好！只要我們首演每場都爆滿，我們慶功宴喝到你們開心！一天不夠就兩天！兩天不夠就三天！」

大家無不尖叫歡呼，也趕快收拾好東西，一夥人就浩浩蕩蕩地往老地方移動去！

又見霓裳

第十三章

绝地逢生

楊貴妃聽到一群人走過去聲音，開始想辦法敲打著木門，試圖引起大家注意，但似乎吵雜聲還是蓋過了敲打聲，腳步聲和人聲慢慢地消去，楊貴妃驚覺不妙，再這樣等下去真的會等到天荒地老都沒有人來救她的！她開始敲起圍繞在四周的牆面，找尋可能有比較脆弱的部分，也試著找尋身上的尖銳物，一路從上敲到下，終於發現在下緣可能因為潮濕的關係，木造的部分有些開始斑駁脫落，敲起來的聲音也比較沒那麼厚實，用雙腳踹了幾下，似乎有些木屑持續在脫落。

就這樣雙手撥開碎木屑，再用雙腳踹個幾下，終於透些光線進來，持續折騰了好一陣子，好不容易再踹出個洞，卻發現有一雙熟悉的鞋子，前面這個人似乎也被後面突如其來的爆破聲嚇了一跳，趕緊往後退，但過了幾秒又趕緊向前看，好奇到底為何會突然出現這樣的事情？

一個門外，一個門內的兩個人剛好一同低頭看，不看還好，一看兩人直尖叫，大聲喊：「你／妳怎麼會在這裡？」

原來楊貴妃被藏匿在辦公室後方的倉庫內，恰巧木門就是靠近宋耀明後方的櫃子，楊貴妃雙腳騰空著，宋耀明也手上拿著木棒道具準備著，兩人看見彼此才鬆了一口氣，宋耀明趕緊把櫃子移開，請楊貴妃先移往另一邊空位，把整片木門敲破後，把楊貴妃接出來，鬆開手上和腳上的繩子。

宋耀明滿臉疑惑地問：「妳不是跟隨團員們去吃消夜了，怎麼被關在這櫃子後方？」

這時楊貴妃聽到腳步聲靠近，趕緊叫宋耀明幫忙把櫃子移回去，楊貴妃也把地上的木塊碎片撿乾淨，並警告宋耀明：「不准說出你看到我的任何一字，我稍後再跟你解釋，現在我先找個地方躲。」

說這時遲，那時快，元育寧剛開啟辦公室的門，楊貴妃一溜煙跑到屏風後面，宋耀明也假裝拿櫃子上的資料夾，把櫃子移回原位。

元育寧開心地轉身關好門後，趕緊走進宋耀明身邊：「耀明，只剩我們兩人了，其實我有些話一直想跟你說⋯⋯。」

宋耀明因為緊張著怕楊貴妃被發現，搪塞著元育寧說：「手邊的事情差不多都做完了，我們可以先過去了！」

元育寧還未搞清楚狀況，就被宋耀明推出去辦公室，一路往電梯方向走，話都還沒說完，只見宋耀明趕緊按下電梯紐，把元育寧送上電梯，再突然冒出一句：「歐對！我還有東西忘了拿，你先過去，我隨後就到！記得，付錢的是要等我！不可以搶了我的功勞！」隨後，電梯門剛好就關上，元育寧都還還不及反應過來，也還來不及說出心裡話，就這樣搭電梯下樓了⋯⋯。

宋耀明趕緊跑回自己辦公室，衝到屏風後方，確認楊貴妃沒事，才說：「我把人都支開了，妳總要告訴我實情吧？怎麼會突然消失在教室，然後又出現在這邊？」

楊貴妃稍微探頭看了一下，確認元育寧或是其他團員都不在，才悻悻然地走出來說：「這件事你就得問問你剛剛身邊的人，為什麼要把我綁在那兒？但是，我希望你等等也是按照你們說好的就去吃宵夜，我就先回家，千萬不要跟任何人提起我已經離開那裡的消息，明天等著好戲上場吧！」

宋耀明還是不解，正要開口再問，只見楊貴妃搖搖頭，眼神堅定地看著他，宋耀明也只好作罷，乖乖帶著楊貴妃到大門口，叫了一台計程車先送楊貴妃回他的家，他再趕緊驅車前往跟大家約好的老地方。

楊貴妃在回家過程中，心裡想著：明天可能需要一點苦頭讓元育寧那登徒子嚐嚐才行！好歹我在大唐是聖人手上捧、心裡疼的貴妃，竟然就這樣大庭廣眾之下綁架我？還將我關在那伸手不見五指的壁櫥內？如果明天不出面下個馬威，我怎麼還能稱作大唐的貴妃呢？

楊貴妃一邊心裡想著，一邊跩著臉橫笑著，順手將落在臉龐的鬢髮順在耳朵後，一邊看著窗外車水馬龍，等待明天展演的到來！

第十四章

燈火闌珊處

昨晚大家都吃飽喝足，等著今日展演要蓄勢待發，希望可以博得滿堂彩，就可以為舞團在台灣，甚至在全球的舞蹈界，閃出耀眼的一道光！最後的抱佛腳時間，大家都不敢輕易馬虎，深怕一個細節出錯，可能就會影響今晚的重要演出⋯⋯。大家緊繃著神經，上緊各自身體的發條，絲毫不敢大意。好巧不巧，偏偏在排演過程中，發現少了個道具，大家開始冒冷汗，低頭不語，深怕一個回話的聲音，就可能會招來宋耀明的怒吼。果不出大家所料，當宋耀明回到舞台前，正要興師問罪之時，元育寧馬上搶在話前頭說：「是我的錯，我昨晚不該急著帶大家去吃消夜，沒有把道具和器材點齊，今天早上離開前也沒有再檢查一次，我馬上回舞團拿取，你就先讓大家繼續走位吧！」

宋耀明想發怒，但心裡也清楚得很，如果他現在大發雷霆飆了一頓罵，恐怕大家就要氣氛低靡個好一陣子，如果沒有好好將精神融入到舞蹈內，也就只是個傀儡，跳不出真性情來，今天的展演也就沒有任何靈魂了⋯⋯，那還稱得上舞蹈嗎？

宋耀明深吸一口氣，瞇著眼睛幾秒鐘，大家屏住呼吸，就怕待會發生的大事，恐怕不是罵個幾句那麼簡單。宋耀明淡淡地，勉強地擠出一句話：「妳快回去拿，小穎，妳去幫育寧，其他人就定位，我們先跳下一個小節繼續走位，快！」元育寧知道宋耀明還是會以大局為重，放心地帶著小穎趕緊到停車場，驅車回舞團教室。其他人也趕緊就定位，從宋耀明指定的小節繼續練習。

其實一方面，元育寧也是擔心宋耀明會懷疑楊貴妃的事情，畢竟都隔一夜了，如果今天再不趕緊放她出來，恐怕早上的謊話就會被揭穿了……，而且宋耀明異常冷靜地詢問，也很異常淡定地回應，似乎好像已經知道什麼，又好像不知道什麼，元育寧整個心懸在半空中，也無法好好帶大家預演、走位，先把楊貴妃放了，也許宋耀明也就不會再追問了。

元育寧不顧身後的小穎跟不跟得上她的腳步，便一路小跑步，自顧自按了電梯就往上到舞團教室。另一方面也擔心被其他人看見，畢竟小穎根本不知道這整件事的來龍去脈，只知道要趕緊拿道具到會場跟大家集合，才有辦法繼續練習。突如其來被宋耀明叫來陪元育寧拿道具，原本就不是件好的差事，畢竟小穎只是一個新來的團員，對於元育寧也不會阿諛奉承，出身也只是小康家庭，並不出眾。但元育寧也心知肚明，了解宋耀明讓小穎這個棋子跟著她，無非就是找一個「最公正」、最不相干的人，才會跟宋耀明說實話，將拿道具的過程中，看到什麼、發現什麼……，一五一十地向宋耀明報告清楚。元育寧一邊等待電梯上樓，一邊心想：無非就是要我將那來路不明的人給放了，好讓我有個台階下，既然你都幫我搭好了，我也沒有不走的道理。

待電梯一開門，說這時遲那時快，元育寧的眼前突來飛來一團黑影，瞬間整個人失了力、喪了識，眼前一片天旋地轉，接著眼前世界縮小剩一點光，就像電影謝幕般拉黑，元育寧即刻倒下，然後電梯開始往下……。小穎心急如焚，擔心著自己腳步太慢，沒跟上元育寧，加上元育寧搭的那部電梯已經抵達舞團教室的樓層，按照元育寧的脾氣，不知道等一下要捱多少罵……。一看到另一部電梯開門，小穎趕緊按下樓層按鈕後，急按了好幾下關門的開關，咒念著電梯為何還不關門？卻沒注意到元育寧搭乘的那部電梯已經默默開始向下……。

當小穎好不容易奔到舞蹈教室內，左找右找的，喊了幾聲育寧姊，就是找不到元育寧的人，小穎心裡更是七上八下，偏偏是首場表演的大日子，卻在這時候遇到這樣的事情，心裡頭五味雜陳，但還是要硬著頭皮繼續找才行，不然今天首演就開天窗了！小穎腦袋內只剩下趕緊找到道具的訊息，畢竟這是現在比較要緊的事，免得宋耀明繼續發飆，大家今天表演，甚至往後幾個月的日子都不好過……。繞了幾圈舞蹈教室後，找不到元育寧的人，小穎摸了摸口袋，發現自己也走的急，沒帶上自己的手機，也無法打電話給元育寧，對教室內、辦公室內喊了幾聲，還是無人回應，小穎猜想元育寧可能還有事情要處理，也管不得三七二十一，還是先走為妙！小穎按了電梯，直奔地下停車場。

電梯門一開，小穎發現眼前好像出現一個熟悉的身影，還未看仔細，就先聽到熟悉的聲音。

「是小穎嗎？」楊貴妃打了前頭先問了聲。

「楊老師，是我！楊老師，昨天怎麼都不見您的蹤影？」小穎一邊急著步出電梯，一邊扛著一大袋的道具袋。

「昨天我幫宋老師處理一些事情，所以晚了點回來，看大家都已經離開舞蹈教室，我也就回家休息了。來吧，我幫妳吧！」楊貴妃神情泰然的幫小穎推著道具袋，就像什麼事情都沒發生一樣。

「老師，沒關係的！我可以的！您這樣會傷了玉手的……。」小穎有點緊張，也不太好意思讓楊貴妃搬這麼粗重的東西。

「沒關係，快走吧！別讓大家等了！」兩人快步到車上，就直接驅車前往表演場地。

誰也沒想到，元宵寧已經被深藏在一個他們再熟悉不過，卻從未想過的地方……。

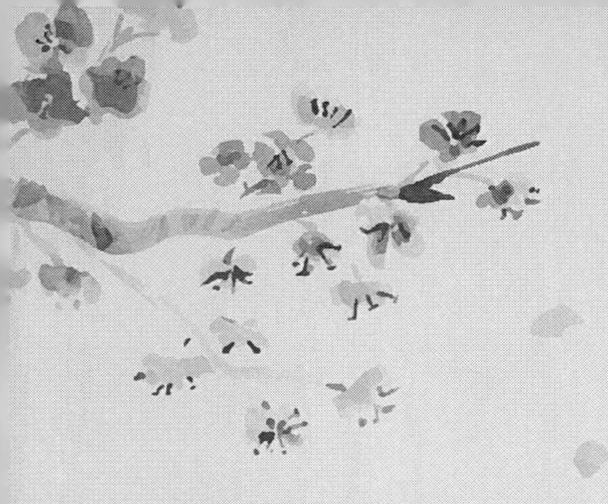

第十五章

回眸，不再是你／妳

小穎和楊貴妃兩人快步進到表演會場的舞台邊，宋耀明原本準備轉身要大發雷霆，小穎也略閉上眼，緊張地等著可能會有驚人的怒吼聲，但是當宋耀明看到楊貴妃瞬間，了解楊貴妃示意的眼神，深深吸了一口氣，冷冷地對小穎說：「趕快拿到後台，你們幾個去幫她。」

楊貴妃對宋耀明笑了笑，點了點頭，宋耀明有點害羞地避開了楊貴妃的眼神，背對楊貴妃繼續往前走，一邊喊著：「趕快動起來啊！難道這幾年的心血，你們都要讓它這樣隨波逐流嗎？」

大家按部就班地趕緊加快腳步，拿起所有道具，就怕等一下又是颳起颱風尾，那真的只能用崩潰到極致來形容了……。一步、兩步、轉圈、定點……，大家都繃著神經，深怕踏錯一步，或是轉錯圈，又是劈頭致命點的咆哮聲，那轟雷震耳的程度，可能只有世界大戰轟炸原子彈的等級，才比得上這鎮懾人的程度了……。

好不容易熬到觀眾們的掌聲，大家心裡如釋重負，畢竟能在舞台上享受這美妙且得來不易的掌聲，就是對自己和對舞團最高的肯定！待布幕落下的那一刻，許多人直接癱軟在原地，宋耀明心裡其實也是鬆了一口氣，但是想到後面還有幾場表演，可不能就這樣鬆懈，得趕緊讓大家上緊發條才行！

宋耀明正要開口說話，楊貴妃見狀趕緊搶先發聲：「大家應該都累了，宋老師體諒大家今天這麼辛苦，所以希望大家早點回家休息，等一下開完會，大家記得好好地泡個熱水，暖暖身子放鬆一下，我們明天早晨再來繼續練習！宋老師，您覺得這樣可以嗎？」

宋耀明突然被這樣一問，突然有種似曾相識的感覺，眼前恍了神，好像看到真曦的身影，頓時也不知道該怎麼接下一句，一個人定在原處……。

幾位團員試探性地問著：「宋大哥？」

「宋老師？」

「老師？我們要不要……？」

宋耀明揮揮手，只是默默地對楊貴妃點點頭，假裝咳了幾聲，跟大家簡單交代一下今天表演中需要修改的地方，但不知不覺地越說越激動，楊貴妃適時咳了兩聲，暗示宋耀明今天不宜再繼續苛責下去，宋耀明才話鋒一轉，確認好明天的事項後，就放大家回家休息了。

當大家戰戰兢兢，不禁回頭望向宋耀明的方向，再次確定宋耀明不是說說，也不會突然把大家叫回去，才放心的關上後門，回家先行休息，以待留些體力，準備後面幾場的表演。

「還好嗎？」楊貴妃也跟著宋耀明坐在舞台邊緣，雙腳俏皮地騰空著晃呀晃。

「沒……沒事，只是想起過去一些往事，讓人不甚唏噓……。」宋耀明望著台下空無一人的觀眾席，感嘆地說著。

「人生就這麼長，想的再多也只是想，不如往前看，我們接下來不是還有好幾場表演？」楊貴妃想為宋耀明分擔些心情。

「是啊！人生就這麼短，我也是失去了她，才深深體悟到這一點……。」宋耀明強忍住眼淚，趕緊抬頭往上看，不讓眼淚滑下來……。他好不容易撐了這麼久，即便大家都一直關心著他，他也是堅持在崗位上，堅持在舞台上，就是因為不讓大家看到他脆弱的一面。因為那一面，他只想留給他曾經最心愛的人，只有她懂，這世界上唯一懂他的人……。

楊貴妃畢竟是後宮的人，看過太多形形色色的人，也知道宋耀明現在只是在撐著，忍著情緒，不讓他潰堤。「不如這樣，我舞一曲，讓你看一下我新排的霓裳曲子，幫我看一下，也轉換個心情吧！待我喚你再轉身吧！」

宋耀明也知道楊貴妃的好意，不忍推辭，索性點點頭，回了句：「好，我候著，期待新曲！」

楊貴妃順手到舞台後方穿起水袖，站在舞台中間，心裡回想著當初也是因為那一夜血紅般的月色，讓她掉落至這世界，那時的行宮景色還在腦海迴盪，彷彿只是昨天的事而已……。而舞台上的這盞紅燈，就像那天的月色，不禁感嘆地開始哼起霓裳曲子……。宋耀明聽到曲子聲潺潺流出後，知道這是暗示轉身的意思，逐漸站起身，準備回頭看。

當宋耀明回頭看向舞台中央，站在那邊等著他的，是元育寧……。

「怎麼是妳？」宋耀明啞然地問著。

「耀明，你知道那個姓楊的有多過分嗎……？」元育寧正想對宋耀明抱怨她昨晚有多苦，但是宋耀明腦袋只有一個思念，他想趕緊找到楊貴妃。他發瘋似地開始在舞台上竄著、跑著，到處翻著東西，他不相信老天又再次跟他開了一個大玩笑，原本剛剛還活生生伴在他身邊的楊貴妃，怎麼才幾秒鐘的時間，一回頭就消失的無影無蹤？

「耀明，你到底有沒有聽到我在跟你說話？耀明？」元育寧一直努力嘗試要拉回宋耀明的注意力，但是都是徒勞無功……。

「妳剛剛有沒有看到楊貴……，不是，是楊老師？」宋耀明喘著對元育寧問起。

「沒有啊，我剛剛就只看到你一個人坐在舞台邊，我誰也沒看到，不是，你聽我說……。」元育寧才剛回答完宋耀明的問題，正要再次提起楊貴妃綁架她的事情，宋耀明頭也不回地往大門跑，希望楊貴妃只是跟他玩捉迷藏，他很快就可以再找到她的……，他一直對自己說著……。

第十六章

人生如戲

才跨出第一步的步子，哼出第一句的音符，楊貴妃突然一個重心不穩，差點跌落下階台，是唐玄宗接住了她，好聲好氣地說：「妳可把我找急了，怎麼聽了個曲聲，回過頭就不見人影？」唐玄宗一手輕拂著楊貴妃的柳腰，一手輕輕撥開遮住楊貴妃明眸的劉海。

楊貴妃還驚魂未定，還未搞清楚怎麼突然間又回到了自己原本的時代？不禁懷疑自己現在到底是在作夢？還是真的回到了她所熟悉的世界？但是，卻又是那樣地陌生……。楊貴妃想得有些出神了，唐玄宗又順勢摸了楊貴妃的臉，看著她的驚慌失措，不禁疼惜地說：「是不是剛剛驚嚇到了，我趕緊傳太醫來看看，這可不得了！快，快傳太醫來！去太醫那邊多叫幾個厲害的太醫過來！到來人啊……來人啊……。」楊貴妃的耳際邊還繞著唐玄宗未說完的話語，眼前又一片黑，整個人癱軟在唐玄宗的懷中。

「太醫你說貴妃怎麼了？」唐玄宗又急又慌，巴不得把太醫生吞活剝了……。

太醫見唐玄宗神色不對，趕緊跪下回話：「回聖人，貴妃目前只是身體有些虛弱，並未出現大礙，只需好生調養，不要過於勞累即可。」

唐玄宗聽完這番話後，心中大石頭才卸下，並馬上說：「好，好，沒事就好，你們快下去準備，只需將貴妃好生調養起來，不管多貴的食材，或是多難取得的藥材，都去取過來，只要貴妃恢復健康，朕重重有賞！」

「謝聖人！」太醫們齊聲說，就悄聲地退下準備熬製藥材。

「我的好貴妃啊，別再嚇了……，吾的命都在妳手上，只求妳快睜眼，看看我……。」唐玄宗在楊貴妃面前顯得相當渺小，渺小的連自己皇帝一位都可以直接獻出，只是現實不允許……，畢竟他還是一國之主，也是全民尊稱的聖人。只是想跟楊貴妃比翼雙飛、白頭偕老的夢想，似乎是那麼的遙不可及。

楊貴妃就這樣睡了一天一夜，唐玄宗的心也跟著懸著一天一夜，完全不敢想像沒有楊貴妃的日子，該如何去度過？即便大臣們求見，希望唐玄宗盡快上早朝，但是，唐玄宗只有揮揮衣袖，趕走這群忠心的臣子，因為他的心裡只有一件事，就是希望楊貴妃趕緊醒過來，看看他，讓他知道這個世界還是有希望的……。

就在第三天的早上，楊貴妃突然開始動了手指，眼皮也開始微浮動，看似整個人慢慢恢復了知覺，身旁的宮女見狀，趕緊喊聲：「貴妃醒了！貴妃醒了！聖人，貴妃醒了！」

唐玄宗被這突如其來的喊叫聲，整個人就像從噩夢中驚醒，突然站直了身子，左看右看，深怕這消息只是夢境的一環……。唐玄宗循聲趕緊走到楊貴妃的床沿邊，深怕弄痛了楊貴妃，小心翼翼，輕輕地提起楊貴妃纖細的手，輕聲問：「還有哪裡疼嗎？要不要再宣太醫來幫妳瞧瞧？」

楊貴妃只是輕輕地搖搖頭，氣若游絲地說：「是我不好，讓聖人擔心了……。」明明日有所思，夜有所夢，偏偏人都到了面前，而且唐玄宗還如此關心著自己，楊貴妃心裡卻不是滋味，總覺得內心還覺得有所遺憾，就是還缺少些什麼，卻又說不上來……。唐玄宗將楊貴妃擁入懷中，細語著：「人沒事就好，沒事就好……。」

雖然楊貴妃的人躺在唐玄宗的龍體上，心卻飛越千年，繫在未來的宋耀明身上。明知道自己這樣是不對的，但是心裡總是對宋耀明有著莫名的牽制，擔心展演不知道會不會出狀況？擔心會不會這些舞者們又忘記什麼舞步或是道具，讓宋耀明再次發飆，這時候誰可以去護著他們？擔心宋耀明是否在找尋她？擔心……，太多的擔心，讓楊貴妃一直出神，即便唐玄宗喚了她的名字好幾聲，她還是心神不寧，想著未來的他們，是否都好？想著未來的他，是否依然站在陽台邊，望著天上的月，思念的是她？還是另一個她？

唐玄宗也不忍將楊貴妃移開，也不忍心喚醒她，默默地陪著她，靠著床欄，感受著楊貴妃久違的體溫，試著喚回她的心，她的六神。他不求楊貴妃要多愛他，只希望她懂得他的愛，懂得他的心，懂得想為她給予全世界也都無所謂……。但這時候的楊貴妃，懷疑起自己曾下過的山盟海誓，她不否認曾經死心踋的就愛唐玄宗一人，而且在這後宮深淵中，能角逐出聖人心中的一塊地，已經是祖上積德。但她全力付出，全心在討好唐玄宗，全力在練就唐玄宗最愛的霓裳羽衣曲，她曾經是最想成為唐玄宗眼中注目的一個人，單單只有她，可以享受這些疼愛，霸占他所有的心，所有的意。只是現在，楊貴妃遲疑了，她懷疑起自己曾經那麼深刻的心，到底是被藏去哪裡呢？

又見霓裳

第十七章

男人，也是玻璃心

楊貴妃慢慢地可以走下床，開始到房外的殿走走繞繞，有時就倚靠在窗台邊，若有所思地看著遠方，有時又在殿外舞了幾次的霓裳曲，即便唐玄宗已經到了殿外旁，還是靜靜地在旁邊看著楊貴妃婀娜多姿的舞步，也不捎人去喚楊貴妃，就讓她好好地、慢慢地好起來，這樣已足夠！

「聖人！原來您已經來了，怎麼也不出個聲，讓臣妾好生去接您呢？」楊貴妃趕緊收起舞步和道具，捎人去泡盞唐玄宗最愛的茶，靜靜地到唐玄宗跟前，扶著唐玄宗到殿內的座位上。

「看妳如此認真在練習舞步，我也就不好意思打擾，看著看著，不禁也出神，就在殿外看了一會兒，甭擔心，就只是半炷香時間，沒有多久的，也讓我有機會好好看看妳，妳說，都多久沒再跳這首霓裳羽衣曲了呢？」唐玄宗一邊牽著楊貴妃，一邊移到座位上。

「聖人如果想看，環環當然可以再為您舞上一曲！待我準備準備！」楊貴妃趕緊拿起剛剛放置旁邊的道具，並捎人喚幾個樂師來配樂。

掂起輕輕腳尖，想起在未來的時空，跟宋耀明一起重新編制，一起重現這首羽衣曲，左手挽一圈，右手再畫一圈，展開羽毛扇的瞬間，兩人相視而笑，那種知己而相知相惜的感覺，現在楊貴妃只能默默放在心中，畢竟那都是「未來」的事了，怎麼可能還有機會再去一次呢？

一邊看著唐玄宗，一邊身體舞著、轉著，心裡不禁油然而升起感慨，再回想起過去與唐玄宗相愛的點點滴滴，楊貴妃知道自己還是該放下那「未來」、放下宋耀明、放下所有人，也放過她自己，否則日子總要過下去，總不能踐著那段情不放，讓自己和深愛著她的唐玄宗一起痛苦著……。

正當楊貴妃一躍而下，停在那剎那、那瞬間，就像一隻鳳凰突然綻放她的雙翅，那種震撼，足足讓唐玄宗停了好幾秒，直到楊貴妃喚了許多聲：「聖人？聖人？聖人……。」大家也在等著唐玄宗的反應，唐玄宗才突然醒了過來，趕緊拍手叫好！其他人才鬆了一口氣，也跟著附和唐玄宗，給予楊貴妃最熱烈的歡呼聲和掌聲！

「我說貴妃啊，才幾天未見妳跳這首霓裳羽衣曲，想不到這次休養期間，讓妳又再有靈感重新編曲了？跟過往妳跳舞的舞風，就像換了一個人似的，整個人就像鳳凰般降臨於此，實在備感榮幸，我何德何能可以擁有像妳這樣一位妃子，甚至是妻子，是待我如此的好！感謝上天，讓我可以擁有妳！」唐玄宗是說得如此真切，但聽在楊貴妃心裡卻是另一份寒意，就像自己赤裸裸站在唐玄宗的眼前，把未來跟宋耀明那段情都攤在唐玄宗面前似的……。

「聖人千萬別這麼說，這樣可折煞環環了，環環才是三生有幸，能在此生此世遇到聖人，如果還有來世，環環希望還可以遇到聖人，再讓環環為您舞上一輩子。」楊貴妃也回的熱烈，讓唐玄宗心裡踏實不少。當然這次即興之餘，對楊貴妃的賞賜又增添不少，不僅是配飾、綢緞、黃金等，連同進貢的所有珍奇異寶全都送往楊貴妃的宮中。

但是，即便是贈予楊貴妃再多的金銀財寶，楊貴妃也只是看它們如浮雲飄過，沒有太大的驚奇感。每個夜晚，即便有唐玄宗在身邊，楊貴妃還是睡不好，翻來覆去的，心中就像扎了根刺，梗在心中，揮之不去。在連續幾天後，剛好唐玄宗那一晚跟幾位機要大臣商量外患之事，楊貴妃翻了幾回，聽到三更的聲剛敲下，索性起身，搭起床欄邊簡單衣物，走到了窗台邊，望著那圓月，心裡不禁又想起宋耀明。想著那一晚，他們倆的心是如此的貼近，不禁也笑笑地自言說著：「同是天涯淪落人啊……。」。

無奈的情感占滿整顆心，楊貴妃離開窗台，開始沒有目的地在寢宮中轉著，原本身邊貼近的宮女們都被楊貴妃捎下去，楊貴妃只想一個人好好地靜一靜，思考一下、沉澱一下現在心中的雜念。就這樣晃著晃著，無意間看到一個熟悉的花瓶，思索了幾秒，摸著摸著突如地啞然失笑……，竟然這花瓶是宋耀明家中的擺設，卻曾待在自己寢宮中，這是何等奇妙的緣分，卻又是一樁令人心痛之事……。

楊貴妃走向庭院中，月色是如此的耀眼，跟楊貴妃此時暗黑的心境簡直是天地之差，見花不是花，看月不是月，煩躁的心直直湧上，直逼喉嚨，不吐不快，但這股思念到底要向誰吐露？壓根兒就不會有人相信她曾到過未來的世界，終究只會被認定是瘋子，而且瘋的徹底！那些早就在虎視眈眈的後宮妃子們，巴不得將她生吞活剝，就可以踩著她向聖人諂媚，得勝人之心，入聖人之眼。想到這端，又是湧上另一波煩惱，事事都無解，徒留一股腦兒的擾，困著她、繞著她，惟有深深地嘆長氣，才有辦法稍稍解下她憋在肚子裡的悶氣。

不知不覺又走到當初摔落到未來世界的長廊，楊貴妃想了想，不如放手一搏試試，或許讓自己斷了念，就不會再繼續讓這念頭纏著自己。楊貴妃看了看上方的月，發現月色似乎有些偏紅，但不疑有他，又開始輕輕哼起霓裳羽衣曲，掂著腳，舞著手，就這樣一句、一句輕聲地唱起，唱的投入一會兒，跳著、舞著又到了那個台階，又是一個踉倉，晃了一圈後，好不容易才站穩了腳步，當楊貴妃回過神來，發現自己周邊已不再是那座孤寂的長廊了……。

而在那座長廊的盡頭，隱約有個身影，撿起楊貴妃遺留的外衣，寧靜的宮殿內，開始處處充斥著宮女們的驚恐尖叫聲，對照著某人內心一連串的心碎聲……。

第十八章

再回眸，是另個開始

「碰！噹噹噹⋯⋯，鏗鏘鏗鏘⋯⋯。」突來的撞擊聲，驚動了外面上一行人。

「是誰？誰在裡面？」突然有人在外吼著。

「不出聲我們就要闖進去看囉！？」怯弱的聲音，但似乎堅強地說著。

「會不會只是老鼠啊？」一個男聲問起。

「啊！別亂說，老鼠才更恐怖！這樣以後我都不敢進去拿道具了啦！」一個女聲驚恐地回答著。

「噓！別胡說，聽剛剛那巨響，如果說是老鼠，也太大隻了吧？這不太可能⋯⋯。」一個理性而堅定的女聲回應。

「不然你說那會是什麼？」其他人齊聲問著。

「或許⋯⋯是⋯⋯好⋯⋯兄⋯⋯弟來找妳了⋯⋯。」有個幼稚的男聲開始裝神弄鬼起來。

幾聲地拍打聲，讓裝神弄鬼的男生慘叫了幾聲。

「別猜了！反正我們人這麼多，也不怕！人就人，鬼就鬼，一起打開吧！一起數：『一、二、三！』」堅定的女聲數完「三」後，打開了那道門。眾人齊聲喊著：「楊老師！」

宋耀明還在教室前頭帶著幾位新進的團員排演舞蹈動作，突然聽到這聲「楊老師」，整個人傻楞楞停了好幾秒，迅速回頭望向那群團員出聲的方向，沒錯，就是他思念了一年的楊貴妃，明明就快要放棄希望，也做好放下的準備，偏偏在這時候，楊貴妃回來了，她再次落在他眼前，這次，他決定好好把握，不要再失去任何一次表達愛意的機會……。

宋耀明立刻奔向那道門，抱起才稍稍站穩的楊貴妃，楊貴妃才剛站穩瞬間，突如其來的一股力道，雖然力量勇猛且措手不及，但是卻是熟悉的溫度，並輕聲地喚著：「妳終於回來了！妳終於回來了！我終於等到妳了！我終於等到妳了！」

當楊貴妃意識過來，發現她又「回」到了現代，現在抱著她的，是她思思念念的宋耀明，眼前映著的是她懸在心上的團員們，她似哭非哭、似笑非笑地看著大家，不知道該怎麼去敘說她心裡的那股思念和憂愁……。

「耀明，大家都在看著呢！」楊貴妃搖搖宋耀明，等宋耀明回過神來，趕快起身，抹去臉上兩行淚。大家第一次看到宋耀明如此大的反應，也覺得相當震驚！頓時，也不知道該怎麼回應才好？大家就直盯盯地看著兩個人相擁，就像在看一齣偶像劇似的，捨不得轉台！宋耀明和楊貴妃兩個人感覺到大家注目的眼神，害臊地快速轉過身，假裝沒事般。

「那個……你們大家還不趕快回到自己位置上繼續練習？」宋耀明趕緊把圍在周邊的團員們趕走，避免剛剛的尷尬情況繼續延伸下去。但心裡總是想上前趕緊抱著楊貴妃，因為這一切都太不真實了……，只有感受到楊貴妃的體溫，宋耀明才會覺得這並不是在作夢。宋耀明雖然回到新團員身邊盯著舞步，但眼神卻不斷地飄向楊貴妃的方向，整天工作下來總是心神不寧，好比度日如年……。

「老師？宋老師？……老師？老師，請問您有聽到嗎？」新團員呼喚著宋耀明，宋耀明卻盯著楊貴妃，想得出神了……。畢竟那段傷心的過去，總是讓他無法打開心房，好不容易接受了楊貴妃，卻是消失了整整一年，現在卻奇蹟般地出現在他面前，他好想問她這一年過得如何？是不是回到過去？想告訴楊貴妃，自從她消失後，他才知道自己已經放入多少感情，才知道已經離不開她……。

楊貴妃也注意到宋耀明頻頻出神望向她，雖然她也很想趕緊跟宋耀明分享她找到幾個蛛絲馬跡，但太多團員圍繞在她身邊，想知道到底這一年楊貴妃去了哪裡？做了什麼？有沒有想念他們？剛剛為何會從門後出現……。但是楊貴妃也才剛穿越到現代，其實身體還有些吃不消，突如其來的人群，讓她也暫時有些缺氧。還在想著怎麼一一回答這些團員們的問題，霎時眼前一團黑，楊貴妃不自覺地暈了過去，團員們幾乎齊聲喊：「楊老師！楊老師？您還好嗎？我們要不要叫救護車？」

說時遲，那時快，宋耀明看到楊貴妃身子一癱軟，馬上衝上前抱住她，險些就撞上了頭，宋耀明喊著：「快！快叫救護車！小穎，妳去準備些溫暖的衣服來，楊老師身體冰冷，需要多些暖和的大衣。」

小穎和幾位團員趕緊衝往更衣室和辦公室，找些宋耀明和其他團員的大衣，一層層地裹著楊貴妃。接著救護車一到，大家二話不說，開出一條通道，分工合作地將楊貴妃送往附近醫院。

「楊老師？楊老師您還好嗎？」楊貴妃隱約聽到一個極細的女聲，微微睜開眼，發現自己躺在舞蹈教室內，眼前好像看到鏡中有個人影，但沒看仔細，再揉揉眼睜開一看，發現鏡中的這個人竟然就是楊真曦！

楊貴妃半信半疑，想著自己是又穿越到了哪個時間點？怎麼會出現已經過世的楊真曦呢？趕緊往後一轉，是的，一回眸，眼前出現的人就是曾經出現在宋耀明家裡那面牆上，那位他深擁在懷中的女孩，眼睛笑地都彎成一線，開朗的神情跟現在眼前的人相比，差了十萬八千里……。

第十九章

前世今生

楊真曦真真實實地出現在楊貴妃眼前，可讓楊貴妃心裡頭折騰了一番……。對於眼前這號人物，腦袋內充斥著不可置信，楊貴妃左看右看，總擔心自己是否看錯眼？是否因為這次穿越速度太快而產生了幻影？又或是她不小心做了什麼事，再度穿越到別的時空……？

楊真曦大略也猜出楊貴妃心裡猜想的部分，趕緊說：「別擔心，您不是穿越時空，而是我來找您，有些事情想跟您聊聊，也希望可以請您幫我個忙……。」

「幫忙？這是怎麼一回事？」楊貴妃坐起身，想好好地看著楊真曦，也想詢問她一些事，總覺得她的出現有些蹊蹺……，隱約感覺到似乎冥冥之中有些安排，穿越也可能跟她有關……。

「是的，這次我們的相見，是我刻意求上帝安排的，因為我對耀明有太多的不忍，希望您可以幫我告訴他該放下了……。否則，我擔心他再下去，整個人生都可能因此而葬送……，因此，上帝讓您出現在他的生命中，讓他有些寄託，不要再輪迴在對我的思念中。」楊真曦就像有讀心術般，都正中楊貴妃的心。

「但是，為何選擇我？而不是元育寧？她已經陪伴在宋耀明身邊許久，不是一位更適合的人選嗎？」楊貴妃不解地問著。

「是，育寧的確是深愛著耀明，也是我曾經希望可以照顧耀明的人。但是耀明遲遲無法將心打開，無法放膽地去接受她……。我只好再求一次上帝，希望再有次奇蹟發生，唯有如此，耀明才會活過來！而您的出現，是我意料之外，又好像是我意料之內，總覺得我們可能是前世今生，分別出現在耀明身邊。」楊真曦淡淡地回答著。

「如果我是妳的前世，妳又是我的今生，但現代已經沒有妳？這樣說不過去，而我怎麼會又會在世代間穿越呢？」楊貴妃被楊真曦這一番話給糊塗了……。

「因為這是奇蹟，奇蹟是降臨在我們的渴望之中……，因為有著同樣對宋耀明的愛戀，讓我們產生了牽絆……。」

「但是，在遇見宋耀明之前，我愛慕的是聖人，這是不可否認的事情，怎麼可能會與妳有牽絆？」楊貴妃相當不解地說著。

「是，我們愛的人不同，可，他們也都是前世今生啊……，您愛慕的是耀明的前世，而我是您的今生，也愛慕著唐玄宗的今生……。」楊真曦真摯地看著楊貴妃回答。

原來是這樣，這一切就說得明白了……，也是為何宋耀明家中出現如此多的讓她熟悉的宮物，為何宋耀明會對霓裳羽衣曲如此入迷，為何他們終究又是在現今這個時間點相知、相惜而相戀……。

「所以，能否請您替我好好照顧耀明？讓他重新再度振作，再度讓他有機會將您的舞曲展示在世人面前？」楊真曦一番話，又將楊貴妃拉回眼前。

「我……恐怕還是不行，因為我不是這個時代的人，雖然我與耀明相見恨晚，但終究我還是得回到聖人的身邊……這是無庸置疑的！上天給予這次機會，只是讓我有機會將遺憾補齊，我能答應妳的，就是將妳的話帶給他，剩下的……，就只能聽天由命，還有看他自己願不願意努力了……。」楊貴妃無奈地回著。

「我跟耀明的緣分，終究短暫，但您跟我不同，您們的緣分是前世今生，也是您與唐玄宗再續前緣……我相信您可以做到的……我也只能依靠您了……。」楊真曦的聲音越來越小……，人影也漸行漸遠……。等待著楊貴妃的是另一個聲音，她再熟悉不過的溫柔男聲，一直祈禱著上天讓楊貴妃醒來，不要再離開他的身邊。

「耀明……，耀明……，我……。」楊貴妃氣若游絲地喚著宋耀明。

宋耀明喜極而泣，看到楊貴妃終於醒來，漫長地等待終於結束，宋耀明趕緊上前扶起楊貴妃，詢問著：「有沒有哪裡還疼？醫生說他總檢查不出什麼原因，只是叫我等待，看看有沒有奇蹟發生？」

「我睡了很久很久嗎？」楊貴妃依靠在宋耀明懷中，微微抬頭凝視著宋耀明說著。

「妳已經昏迷十天了，這次可真的把我嚇壞了！我一直祈求上天，拜託不要讓祂帶走妳，至少給我一個可以說愛妳的機會！」宋耀明含著淚水，將楊貴妃擁在懷中。

「上天待我們不薄，也待你跟真曦不薄，我剛剛遇到真曦，她有話跟你說……。」楊貴妃使盡力氣說著，不禁又咳了幾聲。

宋耀明趕緊輕拍楊貴妃的胸口，輕聲問：「妳先別急，緩一緩，真曦要跟我說的話，我們晚點再說吧！」

「不，我一定要說，因為再晚，恐怕就來不及了！」楊貴妃堅持著。

「好吧，妳就長話短說吧！真曦怎麼說？」宋耀明其實也在期待著已久不入他夢中的愛人，是否還記得他？

「真曦要我跟你說……，希望你好好過日子，要放下她，不要再惦記著她，她擔心你因為她葬送了前程……。」楊貴妃沒有把前世今生的事情告訴宋耀明，因為她不相信他們還可以再續前緣……。

「我知道，我一直都知道她不願意出現在我的夢中，就是希望我可以放下她，但我做不到……。不是我不夠愛妳，只是心裡我已經為她留個位子，一個可以紀念她的位子……。我發誓，我絕對不會把妳當成她的替代品，妳就是妳，獨一無二的妳，是上天將妳帶來我面前，讓我們注定相遇……。」宋耀明流露感情的一番話，扎扎實實地傳送到楊貴妃的心底，兩人凝望著彼此，不知不覺地宋耀明慢慢靠近楊貴妃的臉，輕吻上那魂牽夢縈的粉唇,而越吻越深,就像要將前世今生所有的遺憾,傾倒在這一刻……。

第二十章

物歸原主

觀察幾天後，楊貴妃精神恢復許多，醫師也確認後，宋耀明就幫忙楊貴妃辦理出院，一同回到宋耀明的家。再次踏入這個熟悉的家，似乎已經是好久好久以前的事情了，那時還在懵懵懂懂，不知道到底自己身處在哪個時空，心底總是害怕，深怕自己不知道落入什麼樣人的手中，而現在自己眼前，曾經是自己心驚膽顫、如履薄冰的這個人，卻是自己已喜歡上許久，還為了他奮不顧身再度穿越到現代這個時空，為的就是要遇上他⋯⋯。

宋耀明也注意到楊貴妃看著他，調侃地說：「怎麼一回事？是被我上次那段話感動了？還是今天看我特別好看？」

楊貴妃搖搖頭地說：「沒有的事，只是想到當初第一次到你家，雖然過了許久，卻像是昨日的事，還歷歷在目。」

「是啊！就像昨天的事情，那時候的妳，膽怯地像什麼似的！我也不信妳是真的楊貴妃，只是看妳孤零一身，又是從天而降地掉在我眼前，感覺就得對妳負起責任。」宋耀明一邊幫楊貴妃整理房間，一邊說著。

「那時的我，真的就只是想逃跑，回到我的時空，回到我的宮中，誰知你就對我施了巫術！」楊貴妃也調侃回去。

「貴妃娘娘，小的不敢，小的怎敢施巫術？若要施巫術，絕對不只是這樣而已……。」宋耀明開始奸笑，手中拿著枕頭準備攻擊楊貴妃。

「好啊！你這是要違抗娘娘了吧！看我怎麼懲罰你！」楊貴妃也順手拉起一顆枕頭，兩個人開始一來一往，打起了枕頭大戰。

就在這一來一往中，不知不覺宋耀明推倒了楊貴妃，正要喊獲勝之際，兩個人距離越靠越近，兩個人都漲紅了臉，不知道該如何是好？宋耀明鼓起勇氣，輕輕地吻上楊貴妃，楊貴妃也沒有拒絕之意，伸手環上宋耀明的脖子，兩人手中的枕頭都落下，緩緩地抱住對方，再次深吻。

而宋耀明的手也自然而然地開始在楊貴妃身上遊走，漸漸褪去她身上的衣物，用溫熱的大手去全力感受楊貴妃的體溫，試探性地找到楊貴妃的敏感點，楊貴妃也輕吟了幾聲，身體不自覺開始抽動。宋耀明緩緩地找到適合的時機點，漸進式進入了楊貴妃的身體。如同酒酣耳熟之際，輕緩地擺動、搖動之後，宋耀明確認楊貴妃適應後，再以猛獸般地突擊，讓楊貴妃極盡高潮迭起。如夢般地契合，從太陽高空到落下，再度升起時，兩人才安穩地睡去……。

也不知道睡了多久，楊貴妃覺得有些渴了，起身往廚房去。倒了杯水後，開始在客廳、走道上繞繞，一邊喝著水、一邊看著熟悉又陌生的宮物，無意間發現唐玄宗曾稍人為他們倆畫過的畫像，仔細一看，旁邊出現了幾行字：

「在天願作比翼鳥，在地願為連理枝。
天長地久有時盡，此恨綿綿無絕期。」

楊貴妃心頭一驚，又找了找，發現還有幾行詩句：「明眸皓齒今何在？血污遊魂歸不得。」

原本只是單純兩人的畫像，卻在現代的這個時空下，出現了幾行讓楊貴妃不禁潸然落淚的思念，她自責自己過於自私，竟然拋下遠在過去的唐玄宗，是如此的思念她……。

楊貴妃走回房間望著宋耀明，內心開始天人交戰，她相當地清楚自己不是這個世代，也不能存在這個時代，但她也放不下宋耀明，她也得完成楊真曦託給她的囑咐，幫助宋耀明再次活躍在舞台上。

宋耀明也在這時候醒過來，坐起身將楊貴妃擁入懷中，輕聲問著：「怎麼啦？若有所思的，做惡夢嗎？」

楊貴妃搖搖頭回說：「不是，只是覺得這樣的幸福，我不知道值不值得擁有？而且，我還有一個深愛我的人也在等著我回去團圓……。」

宋耀明將楊貴妃再度抱緊，下巴抵在楊貴妃的頭上，淡淡地回：「妳值得擁有幸福，無論是我還是唐玄宗，我們都會愛著妳，過去也好，現在也好，妳只要記得這個就好！來吧～肚子餓了吧？我來煮個麵給妳吃！」說完，宋耀明就自顧自走去廚房，開始張羅起午餐。

楊貴妃了解宋耀明心底的失落，畢竟他好不容易才又找到一個浮木，但卻是這樣的她……，不禁又開始陷入無限惡性循環，開始自責起來……。

宋耀明煮好午餐後，默默走到房門外，注視著楊貴妃，想著還是別打擾，又想起剛剛楊貴妃提到的那段話，走回走道，看著唐玄宗和楊貴妃的那幅畫，盯著、盯著，赫然發現幾段之前未曾出現過的詩句，細讀一番，他終於了解楊貴妃的糾結，思考了許久，抬頭看看外面的藍天，心裡想著：是該物歸原主了……。

宋耀明深吸一口氣後，輕敲房門，喚著楊貴妃：「我們填飽肚子先吧！其他的事，等吃飽再說！」

楊貴妃點點頭，讓宋耀明扶著起了身，兩人依偎著，感受了下彼此體溫，就像要記住這瞬間的永恆……。因為他們心裡都知道，她們相處的時日不多了……，只能珍惜再珍惜，因為這是他們註定的命運……。

又過了好些日子，霓裳羽衣曲的巡迴演出已告一個段落，最終場也在剛剛落下了幕。宋耀明依舊習慣在演出後，大家收拾完之際，坐在舞台邊再次感受剛剛的那份悸動。楊貴妃慢慢走進宋耀明身邊，也坐了下來，宋耀明也知道只有楊貴妃知道他在這裡，淡淡地說：「很快，這齣劇已經畫下句點，巡演也都結束了，妳也不用掛心我，回去吧！」

楊貴妃聽到宋耀明這番話相當意外，他怎麼會知道自己是來辭行的？楊貴妃只好默默地說：「是，我是來跟你辭行的，看你都一切安好，我也對真曦有個交代，希望你可以幫我最後一個忙，我也會將霓裳留給你，讓你可以深深記在心底某個位子……。」

宋耀明清楚知道這離別時刻他無法不出席，坦然地說：「說吧！我該如何幫妳？」

楊貴妃輕聲回著：「幫我點開那盞紅燈，再借我一套霓裳羽衣曲的戲服即可。」

宋耀明照做了，也坐在舞台邊，等著楊貴妃為他舞上最後一曲……。

這次兩個人沒有了笑容，多了倦容，就在楊貴妃拋出水袖的那瞬間，說了句：「永別了……。」宋耀明正想要回應，卻人去樓空，徒留他一人在舞台上，緩緩地吐出這句：「環環，再見……。」

第二十一章

馬嵬坡的奇蹟

又是一路天旋地轉，楊貴妃再次回到唐代，這次落在宮中花園，起身時，剛好看到唐玄宗走來，才剛要說出:「聖人……。」兩字，又是一震暈眩，唐玄宗一個箭步，趕緊接住楊貴妃，喚人來幫忙。

再睜開眼，已經是熟悉的帷幕，身旁倚靠的是再熟悉不過的身影——唐玄宗。想必又是在她身邊候著一夜未眠，楊貴妃拉起身邊的被子，想要為唐玄宗蓋上身，唐玄宗被這突如其來的舉動驚醒，喊著：「走開，都滾開！來人！快來人！」

楊貴妃也因唐玄宗這突然的大動作嚇在一旁畏縮著，等到宮人都衝進來，唐玄宗才回過神，發現身後的楊貴妃已被他嚇得魂飛魄散，趕緊到楊貴妃身旁，雙手想抱住楊貴妃，又怕再度驚嚇她，輕聲地說：「我的好貴妃，妳別擔心，我只是最近因為外患而心煩，妳的身子都無恙嗎？」

楊貴妃大致也了解唐玄宗的心煩處，之前也是頻頻傳出許多兵變，整個政局動盪不安，她也是擔心，才趕緊回到唐玄宗的身邊，楊貴妃主動抱起唐玄宗說：「聖人不怕、不怕，環環在這兒呢！」

見到唐玄宗和楊貴妃抱著彼此，宮女們也識相地退下，讓他們有個獨處的機會。

果不出所料，幸福的日子不多，情勢急轉直下，天寶十四載十一月初九，幽州安祿山、史思明以討伐楊國忠為藉口發動叛亂，史上稱為安史之亂。唐玄宗於六月十二日不得不放棄長安，帶著楊貴妃和部分宮人、士兵逃往四川山間。一路上因戰亂，再加上多年荒廢政務後，人民對於唐玄宗和楊貴妃早已唾棄，無人願意幫忙，四處碰壁……。後來輾轉逃亡到馬嵬坡的驛站，好不容易可以喘口氣，稍作休息。

楊貴妃第一次見到唐玄宗如此憔悴，向驛站索了些熱水，幫唐玄宗擦腳，唐玄宗一邊感慨，一邊對楊貴妃說：「環環，朕對不起妳，讓妳過苦日子了……。」

楊貴妃一邊含著淚，一邊說：「聖人，環環願意跟隨您，不是因為貪榮華富貴，而是愛慕您、仰慕您，只要在您的身邊，一切都不苦！」

唐玄宗擁著楊貴妃，含著淚，心裡默默做了個決定，因為他知道明天即將就會有大事發生，他得先做些安排才行！就在熄燈睡下後，就在丑時，突然聽到一連串的馬蹄聲，唐玄宗驚醒，猜想可能是安祿山、史思明已追到此地，這次可能逃不了，趕快搖醒楊貴妃，喚上門外的宮人，準備急奔向西。

這一路保護唐玄宗的禁軍因這次走的匆忙，糧食帶上不多，走的時路也多，能撐得著的日子已不多……。龍武大將軍陳玄禮看不下去，對底下的士兵喊話：「今日天下崩離、陛下震盪，豈不是楊國忠這個害蟲剝削我們的人民，導致四方朝野怨懟，我們才會落得此下場？如果不殺他謝罪天下眾生，要如何平息四海的憤怒呢？」眾軍士們被煽動至極，即便楊貴妃再三求救於唐玄宗，唐玄宗也無法維護……，楊國忠發現情勢不對，趕緊逃進西門附近。

但為時已晚，攢撙已久的怨恨，全部都發洩到楊國忠身上，所有的士兵蜂擁而上，將其千刀萬剮……。唐玄宗不忍楊貴妃看到那殘忍的一幕，雙手將其眼睛蒙蔽起來，楊貴妃只能一直哭，使勁地哭，她無法救至親的家人……。

但隨後，陳大將軍望向唐玄宗，心中還有件事在心上提著，決定上前稟報。當陳大將軍跪在唐玄宗跟前，向唐玄宗拱手行禮後便說：「請聖人下令賜死楊國忠的堂妹楊貴妃，否則將無法平息眾怒。」

對楊貴妃是一個打擊，對唐玄宗更是要命的打擊，唐玄宗後退了幾步：「你！陳大將軍，我待你不薄，楊貴妃也跟你無冤無仇，為何要如此趕盡殺絕？」

「啟稟聖人，楊貴妃身為罪人楊國忠的堂妹，本應連誅殺九族，為一死罪；自楊貴妃入宮後，聖人從此不早朝，因而怠慢朝堂之事，為二死罪；當初若不是楊貴妃色誘聖人於華清池，聖人也不至於落此下場，為三死罪，請聖人三思！」陳玄禮這次是鐵了心向上進諫，無論是死是活，就是項上人頭拚到底。

後方的軍兵們紛紛跟著起鬨，希望唐玄宗賜死楊貴妃，重振威武，帶他們回到當初的盛唐時期！

「待我想想，待我想想……。」唐玄宗扶起已癱軟的楊貴妃，回到驛站房內。

楊貴妃知道自己該為唐玄宗做些什麼，一回到房內，便說：「聖人，環環願意為您一死，讓您收回將兵們的心，重振盛唐！是環環無能，無法為聖人解憂，是該以死謝罪。」

唐玄宗深感無奈地說：「環環，是聖人無能啊……，連自己最深愛的女人也保不住，妳都不在了，朕要江山做什麼？」

楊貴妃退了幾步，像唐玄宗行了跪拜大禮，磕頭完凝視著唐玄宗：「聖人，我們待來生再相會！」語畢，楊貴妃再次磕頭，讓唐玄宗了解她心意已決！

這一夜，兩人都沒睡，背對背的，各想著各的歉疚，等待著黎明升起……。火紅的太陽逐漸照在馬嵬坡的驛站上，楊貴妃換上她最愛的羽衣霓裳，跪在一個小坡上，等著唐玄宗賜下的鴆酒到她手上。

陳玄禮擔上遞上鴆酒的重任，為的就是確定楊貴妃喝下鴆酒。唐玄宗只能眼睜睜地看著陳玄禮遞給楊貴妃鴆酒，而楊貴妃接過手後，向唐玄宗方向呈上最後的敬意，拱手行禮完便一飲而盡。唐玄宗不忍楊貴妃這樣死去，也不顧形象，在將士前衝上去，接住已吐血死去的楊貴妃，放聲痛哭……。隨後因安祿山、史思明已追到馬嵬坡，唐玄宗留一兩位宮人協助辦理楊貴妃的喪事，便倉皇地繼續逃亡。

就在堆滿黃土後，宮人辦理完楊貴妃的喪事，回到鄰近寺廟中的暗房，坐著靜靜等待……。

「聖人！聖人！」楊貴妃睜大雙眼，驚醒地呼喚著。

宮人趕緊摀住楊貴妃的嘴，悄聲地說：「貴妃，貴妃，恕小女不敬之罪，請您先緩一緩。楊貴妃看著眼前的宮女，不可置信自己竟然還活著？於是便閉上嘴巴，等著宮女確認風聲過去。

「貴妃，聖人託我將這信物給予您，請您往南奔，會有人接應您的，但請您在路途上再開啟這信物，就會知道如何走下一步了。」宮女便帶著楊貴妃到寺廟外的馬車上，一路向南奔走。

楊貴妃坐上馬車，微微開啟窗欄，確認無人跟上，也確認宮女所待的寺廟漸行漸遠，才轉身坐穩在馬車內。低頭看著手中信物，緩緩地打開，裡面留了幾行熟悉的字，是唐玄宗給楊貴妃最後的祝福：「環環，上次妳說要為我舞新的霓裳羽衣曲的時候，我已知道妳在另一邊的世界裡過得很好，這次我知道我保不了妳，因此，我施了點伎倆，讓妳起死回生，希望我們待來生可以再相會！」

楊貴妃再度兩行淚落下，她不知道如此深愛著她的唐玄宗，竟然已經發現她的心已轉變，而她卻是如此待他……。過了漫長的一天，馬伕建議稍待在驛站停留一晚，隔天再趕路。楊貴妃在房內望向窗外的紅月，再度穿上羽衣霓裳，再次舞了一曲霓裳羽衣曲，又輾轉回到了現代。

這次，她似乎知道如何選擇在哪個地方出現，如同奇蹟般地再度出現，打開了那道門，輕喚：「耀明，我回來了！」

~完~

國家圖書館出版品預行編目資料

又見霓裳 / 宛若花開　著. —初版.—
臺中市：天空數位圖書　2020.08
面：公分
ISBN：978-957-9119-86-3（平裝）

863.57　　　　　　109013033

書　　　名：又見霓裳
發　行　人：蔡秀美
出　版　者：天空數位圖書有限公司
作　　　者：宛若花開
編　　　審：亦臻有限公司
製 作 公 司：乙文有限公司
出 品 公 司：傑拉德有限公司
版 面 編 輯：採編組
美 工 設 計：設計組
出 版 日 期：2020 年 08 月（初版）
銀 行 名 稱：合作金庫銀行南台中分行
銀 行 帳 戶：天空數位圖書有限公司
銀 行 帳 號：006-1070717811498
郵 政 帳 戶：天空數位圖書有限公司
劃 撥 帳 號：22670142
定　　　價：新台幣 270 元整
電子書發明專利第　I　306564　號

※　如有缺頁、破損等請寄回更換

Family Sky
紙本書編輯印刷：
電子書編輯製作：
天空數位圖書公司 E-mail：familysky@familysky.com.tw　http://www.familysky.com.tw/
地址：40255台中市南區忠明南路787號30F國王大樓　Tel：04-22623893　Fax：04-22623863